Une affaire personnelle

Bibliothèque Cosmopolite

Kenzaburo Oé

Une affaire personnelle

roman

Traduit de l'anglais
par Claude Elsen

Stock

TITRE ORIGINAL

Kojinteki nataiken
(Shinchosha, Tokyo)

1

En regardant la carte d'Afrique dépliée dans la vitrine, et qui évoquait l'élégance hautaine d'un cerf au repos, Bird eut un bref soupir. Les vendeuses ne faisaient pas attention à lui. La peau de leur cou et de leurs bras nus était marquée de chair de poule. Le soir approchait et la fièvre de ce début d'été était brusquement tombée, comme la température d'un géant mort. Les gens, avec des soupirs ambigus, avaient l'air de se souvenir malgré eux de la chaleur de la mi-journée qui restait collée à leur peau. Juin, six heures et demie – à présent plus personne, en ville, ne transpirait. Mais en ce moment la femme de Bird était couchée, nue, sur une alèse de caoutchouc, les yeux fermés comme un faisan abattu tombé du ciel. Elle gémissait de souffrance, d'angoisse, d'attente et son corps était couvert de gouttes de sueur.

Bird eut un frisson et regarda mieux les détails de la carte. L'océan, autour de l'Afrique, était du bleu brouillé d'un ciel d'hiver, à l'aube. Les longitudes et les latitudes n'étaient pas indiquées avec la rigueur mécanique d'un compas : les gros traits traduisaient l'hésitation et le caprice de l'artiste. Le continent lui-même ressemblait au crâne d'un homme à la tête penchée, qui eût regardé d'un œil triste l'Australie, terre du koala, de l'ornithorynque et du kangourou. L'Afrique miniature qui indiquait, dans un coin inférieur de la carte, la densité de la population faisait songer, elle, à une tête coupée qui eût commencé à se décomposer; une autre, veinée de routes, était une tête écorchée dont les vaisseaux auraient été mis à nu. Ces deux petites Afriques éveillaient des idées de mort brutale, violente.

– Voulez-vous consulter l'atlas?

– Non, ce n'est pas la peine, dit Bird. Je voudrais des cartes Michelin de l'Afrique occidentale et centrale, et de l'Afrique du Sud.

La jeune fille se pencha sur un tiroir plein de cartes Michelin et se mit à y fourrager d'un air affairé.

– Numéros 182 et 185, précisa Bird, avec l'assurance d'un vieux routier d'Afrique.

La carte sur laquelle il avait soupiré faisait partie d'un gros atlas relié en cuir, destiné à orner une table basse. Quelques semaines plus tôt, Bird en avait demandé le prix : cinq mois de ses appointements à la boîte à bachot où il était répétiteur. S'il y ajoutait l'argent gagné comme interprète à temps partiel, il pourrait y arriver en trois mois – mais il avait à assurer la subsistance de sa femme, la sienne et celle de l'enfant qui était en train de naître. Bird, à présent, était chef de famille.

La vendeuse posa les deux cartes sur le comptoir. Elle avait de petites mains, pas très propres. Ses doigts maigres faisaient songer à des pattes de caméléon s'accrochant à un arbuste. Le regard de Bird tomba sur la marque de fabrique ornant les cartes : le gros homme en caoutchouc poussant un pneu semblait rendre cet achat ridicule – mais pour Bird ces cartes avaient une grande importance.

– Pourquoi l'atlas est-il ouvert à cette page ? demanda-t-il.

La vendeuse, l'air vaguement méfiant, ne répondit pas.

Pourquoi l'atlas était-il toujours ouvert à cette page ? Le directeur estimait-il que la carte de l'Afrique était la plus belle du volume ? Mais l'Afrique connaissait des transformations extraordinaires, qui rendraient rapidement n'importe quelle carte anachronique – et dès lors que ce processus de corrosion qui avait commencé en Afrique aurait raison de tout l'atlas, ouvrir celui-ci à cette page équivalait à annoncer la désuétude du reste. Ce qu'il aurait fallu, c'était une carte qui ne fût jamais périmée parce que le tracé des frontières politiques y serait établi définitivement. L'Amérique, alors? L'Amérique du Nord, plus exactement?

Bird paya les deux cartes et se dirigea vers l'escalier. Il passa, les yeux baissés, entre un arbuste en pot et un nu en bronze aux formes pleines, dont le ventre luisait de la sueur de toutes les mains nostalgiques qui l'avaient caressé. Étudiant, Bird lui-même avait l'habitude de caresser ce ventre de bronze, lorsqu'il passait devant; aujourd'hui, il n'osait même pas regarder la statue en face. Il songea une seconde au médecin et aux infirmières se désinfectant les mains près de la table où il avait vu sa femme étendue, toute nue. Les avant-bras du médecin étaient couverts de poils noirs.

Bird mit les cartes dans la poche de sa veste et se dirigea vers la porte en les serrant contre son flanc. C'étaient les premières cartes qu'il achetait avec l'intention de les utiliser en Afrique. Il se demanda, mal à l'aise, si le jour viendrait jamais où il mettrait vraiment le pied sur le sol africain et où il regarderait le ciel d'Afrique à travers des lunettes de soleil.

Peut-être, à cet instant même, était-il en train de perdre toute chance de le faire? Serait-il obligé de dire adieu malgré lui à l'unique et obsédante tentation de sa jeunesse? Mais que pouvait-il bien y faire?

Il poussa avec colère la porte du magasin et se retrouva dans la rue. Le trottoir semblait noyé dans le brouillard à cause de l'air pollué et de la pénombre du soir. Bird s'arrêta pour se regarder dans la vitrine. Il vieillissait à la vitesse d'un coureur à pied. Bird : vingt-sept ans et quatre mois. On l'avait surnommé «Bird», l'oiseau, quand il avait quinze ans et ce sobriquet lui était resté. Le personnage flottant bizarrement, comme le corps d'un noyé, dans le lac d'encre de la vitrine, ressemblait toujours à un oiseau. Il était petit et mince. Ses amis avaient commencé à engraisser dès l'instant où ils étaient sortis de l'université et avaient pris un emploi; même ceux qui, alors, étaient restés maigres avaient grossi après leur mariage. Bird, lui, était aussi mince qu'avant. Qu'il marchât ou restât immobile, il se tenait un peu voûté, les épaules légèrement recroquevillées, comme un ancien athlète devenu un vieillard émacié. Mais ce n'était pas seulement cela qui lui donnait l'air d'un oiseau : son nez luisant et crochu ressemblait à un bec ; ses yeux brillants, d'une couleur indécise, n'exprimaient presque jamais une émotion, sauf, parfois, une vague surprise ; ses lèvres minces étaient toujours serrées et son visage, de ses pommettes hautes à son menton, avait la forme d'un V pointu. Tel était Bird, à quinze ans ; rien n'avait changé à vingt. Pendant combien de temps encore continuerait-il à ressembler à un oiseau ? Était-il de ces gens qui gardent le même visage et la même allure de quinze à soixante-cinq ans ? L'image qu'il regardait dans la vitrine était-elle le reflet de sa vie entière ? Bird frissonna, envahi par un dégoût si intense qu'il lui donna envie de vomir. Quelle révélation : un vieux Bird, sénile, épuisé, avec une horde d'enfants...

Soudain, une femme à l'allure bizarre apparut dans le lac obscur de la vitrine et s'avança lentement vers Bird. Elle était grande, avec des épaules larges – si grande qu'elle dépassait Bird de la tête. Il eut l'impression qu'un monstre allait se jeter sur lui, et il se retourna. La femme s'arrêta et le regarda d'un air grave, puis il vit dans ses yeux une espèce d'avidité céder la place à une indifférence morose, comme si, après avoir cru découvrir entre eux un lien, une attente commune, elle se fût brusquement rendu compte que Bird n'était pas celui qu'elle espérait. Il fut frappé, dans le même temps, par ce qu'il y avait d'anormal dans ce visage encadré de cheveux bouclés, trop abondants, et qui lui rappelait un ange de Fra Angelico. Il remarqua en particulier les poils blonds que le rasoir avait oubliés au-dessus de la lèvre supérieure et qui traversaient un épais maquillage.

– Bonsoir, dit la femme d'une voix nettement masculine, où perçait la déception.

– Bonsoir, répondit Bird, de la voix un peu rauque, un peu croassante, qui lui avait aussi valu son surnom.

Le travesti fit demi-tour sur ses hauts talons et s'éloigna lentement. Bird le suivit des yeux un moment et prit la direction opposée. Il emprunta une ruelle étroite et entreprit de traverser prudemment une large artère sillonnée de rails de tramway.

Le travesti, en le voyant se regarder dans la vitrine, avait cru qu'il attendait quelqu'un et l'avait pris pour un pervers. C'était humiliant, mais puisque l'autre avait reconnu son erreur à l'instant même où Bird s'était retourné, l'honneur était sauf et, à présent, il pouvait s'amuser de cette rencontre. Il éprouva même un élan de sympathie pour ce jeune homme déguisé en femme. Réussirait-il à trouver un «pigeon», à faire une passe au cours de la soirée? Peut-être aurais-je dû avoir le courage de le suivre, se dit Bird... Il imagina ce qui aurait pu arriver s'il avait accompagné le jeune homme. En ce moment même nous serions probablement couchés, nus, proches comme des frères, et en train de parler. Je me serais déshabillé, moi aussi, pour qu'il ne se sente pas trop mal à l'aise. Je lui dirais que ma femme est en train d'accoucher et peut-être lui avouerais-je que, depuis des années, j'ai envie d'aller en Afrique, que mon rêve serait, au retour, d'écrire un récit de mes aventures, intitulé *Ciel d'Afrique*, mais qu'il me sera sans doute impossible de partir seul, là-bas, une fois que je serai prisonnier d'une famille (en réalité, je suis en cage depuis mon mariage mais jusqu'à présent il me semblait que la porte de la cage était toujours ouverte; cet enfant en train de naître pourrait bien la fermer pour de bon...). Je parlerais de toutes sortes de choses, et le travesti s'efforcerait de mettre bout à bout tout ce que je dirais, et sans doute me comprendrait-il car un garçon qui est assez fidèle à son démon intérieur pour aller jusqu'à racoler les pervers dans la rue doit avoir des yeux, des oreilles et un cœur sensibles aux terreurs qui rôdent dans les zones sombres du subconscient... Et demain matin, nous aurions pu nous raser ensemble en écoutant les informations à la radio, partager le même savon. Il était jeune, mais il semblait avoir une forte barbe et... Bird cessa de rêvasser et sourit. Sans aller jusqu'à passer la nuit avec le travesti, il aurait dû au moins lui offrir un verre.

À présent, il marchait dans une rue où nombreux étaient les bars de troisième ordre, et nombreux les ivrognes dans la foule qui le bousculait. Bird avait la gorge sèche et il avait envie de boire un verre, même tout seul, mais il refoula ce désir. Il imaginait la réaction de sa belle-mère s'il arrivait au chevet de sa femme en sentant le whisky. Il ne voulait pas que ses beaux-parents le voient soûl, une fois de plus.

Le beau-père de Bird, aujourd'hui, donnait des cours dans un petit collège privé mais, avant sa retraite, il avait été président du département d'anglais à l'université où Bird avait étudié, et c'était grâce à lui que Bird, malgré son jeune âge, avait obtenu une place de répétiteur. Bird aimait et admirait le vieil homme, qui était d'une noblesse d'âme exceptionnelle, et il voulait cesser de le décevoir.

Bird s'était marié à vingt-cinq ans, en mai, et au cours de ce premier été il n'avait pas dessoûlé pendant quatre semaines, Robinson abruti en perdition sur un océan d'alcool.

Négligeant ses obligations, son travail, ses études, se désintéressant de tout, il passait ses journées et ses soirées enfermé dans la cuisine de son appartement, les volets clos, à écouter des disques en buvant du whisky. Rétrospectivement, il lui semblait qu'il n'avait rien fait d'autre, pendant un mois, qu'écouter des disques, boire et sombrer dans un sommeil d'ivrogne. Quatre semaines plus tard, il avait émergé de ces sept cents terribles heures d'ivresse pour découvrir en lui, avec une cruelle lucidité, la désolation d'une ville ravagée par les incendies d'une guerre. Il était pareil à un débile mental dont les chances de guérison eussent été infimes, mais il lui fallait essayer de remettre de l'ordre en lui-même et dans ses rapports avec le monde extérieur. C'est alors qu'il avait interrompu ses études et demandé à son beau-père de lui trouver une situation. Aujourd'hui, deux ans plus tard, sa femme était en train de mettre au monde leur premier enfant – et il n'était pas question qu'il apparût à la clinique sous l'empire de l'alcool.

Bird lui-même se méfiait de ce désir obscur mais profondément enraciné qui était en lui. Souvent, depuis son mariage, il s'était demandé ce qui l'avait poussé à boire ainsi et jamais il n'avait trouvé de réponse satisfaisante. Tant que cette descente aux abîmes resterait inexpliquée, le risque subsistait qu'il recommençât. Dans un des livres sur l'Afrique qu'il lisait si avidement, il avait trouvé ce passage : « *Les soûleries en commun, observées par tous les explorateurs, sont aujourd'hui encore courantes dans les villages africains, ce qui donne à penser que la vie, dans ce beau pays, manque toujours de quelque chose de fondamental. Des insatisfactions profondes poussent encore les Africains au désespoir et au laisser-aller.* » En relisant ces lignes, qui concernaient les petits villages du Soudan, Bird s'était rendu compte qu'il n'avait pas assez prêté attention aux manques et aux insatisfactions de sa propre vie. À cause d'eux, il était prudent de s'interdire l'alcool.

Il atteignit la place du quartier des lieux de plaisir, vers laquelle semblaient converger tout le bruit et le mouvement de la ville. Une horloge marquait sept heures. Depuis trois heures de l'après-midi, Bird avait téléphoné toutes les heures à sa belle-mère, à la clinique. Il regarda autour de lui. Les téléphones publics ne manquaient pas, mais tous étaient occupés. Ce qui l'irritait le plus, ce n'était pas tant la pensée de sa femme en train de souffrir que celle de sa belle-mère attendant son coup de téléphone. Si seulement il pouvait avoir quelqu'un d'autre qu'elle au bout du fil…

Avec un faible espoir, il revint sur ses pas, jetant un œil dans les bars, les restaurants, les magasins de chaussures, en quête d'un appareil téléphonique libre. Mais mieux valait éviter d'entrer dans un bar, et il avait déjà dîné. Pourquoi ne pas acheter du bicarbonate pour apaiser son estomac barbouillé ?

Il se mit à la recherche d'une pharmacie – et tomba en arrêt devant un curieux établissement, au coin de la place. Sur un panneau géant, accroché au-dessus de l'entrée, un cow-boy accroupi tenait à la main un revolver crachant le feu. Sur la tête du Peau-Rouge étendu aux pieds du cow-boy, Bird lut le nom de l'établissement : *Le Tir du coin.* À l'intérieur, sous des drapeaux de papier crépon vert et jaune, une foule compacte de jeunes gens se déplaçait autour des multiples appareils à sous qui remplissaient la salle. Bird, s'étant assuré qu'il y avait une cabine téléphonique au fond de l'établissement, passa devant un distributeur de Coca-Cola et un juke-box tonitruant qui diffusait un air de rock'n'roll déjà démodé. Il se fraya un chemin dans la foule comme il eût avancé dans un labyrinthe, entre les billards électriques, les jeux de fléchettes et les tirs. L'un de ceux-ci offrait pour cibles une série de daims, de lapins et d'énormes grenouilles vertes processionnant sur une courroie sans fin. Sous les yeux de Bird, un collégien abattit une grenouille et cinq points s'inscrivirent au marqueur de l'appareil.

Bird atteignit enfin le téléphone, y mit une pièce de monnaie et composa, de mémoire, le numéro de la clinique. D'une oreille il entendit la lointaine sonnerie, de l'autre il continua d'entendre les rugissements du juke-box et un bruit de fond comparable à celui qu'eussent fait dix mille crabes affolés ; les adolescents, grisés par leurs jouets automatiques, allaient de l'un à l'autre en raclant le parquet de bois de leurs semelles italiennes « douces comme un gant de peau ». Que penserait sa belle-mère de ce vacarme ? Il devrait peut-être le lui expliquer, en s'excusant d'appeler si tard...

À la quatrième sonnerie, elle décrocha. Sans s'excuser de quoi que ce fût, Bird lui demanda des nouvelles de sa femme.

– Toujours rien. La pauvre petite souffre le martyre, mais l'enfant ne veut pas venir...

– Je rappellerai à huit heures, dit Bird, qui raccrocha en soupirant.

À côté de la cabine téléphonique, un garçon au type philippin était assis au volant d'une Jaguar miniature qu'il faisait manœuvrer devant un écran sur lequel un décor champêtre se modifiait sans cesse, comme si la voiture eût foncé à toute vitesse sur une autoroute. Le jeu consistait à éviter les obstacles qui apparaissaient à chaque instant – des moutons, un troupeau de vaches, des enfants traversant la route. Le jeune Philippin était penché sur le volant, les sourcils froncés, l'air concentré, se mordant les lèvres. Lorsque l'image commençait à ralentir, il plongeait une main dans la poche de son pantalon, en tirait une pièce et la glissait dans la fente de l'appareil. Bird le regarda un long moment, puis une sensation de fatigue insupportable l'envahit et il se dirigea vers la sortie près de laquelle il tomba en arrêt devant deux étranges machines.

Celle de droite était entourée par une bande de gamins en blousons de soie brodés de dragons or et argent – du genre «Souvenir de Hongkong» pour touristes américains. Celle de gauche, pour l'instant sans amateurs, évoquait un instrument de torture moyenâgeux. Elle représentait une belle jeune fille en acier, grandeur nature, protégeant de ses bras croisés sa poitrine nue. Le jeu consistait à lui écarter les bras pour entrevoir ses seins de métal. Selon la force du joueur, un chiffre apparaissait dans les yeux de la fille et, au-dessus de sa tête, un tableau chronologique indiquait l'âge probable du concurrent.

Bird glissa une pièce de monnaie entre les lèvres de la fille d'acier et essaya d'écarter ses bras, qui résistèrent. Il tira plus fort, avec la sensation de violer la fille. Enfin un cliquetis se fit entendre et des chiffres apparurent dans les yeux vides : 70, 75... Bird consulta le tableau. À son âge, vingt-sept ans, correspondait le chiffre 110. D'un œil incrédule, il constata que le chiffre 75 correspondait à quarante ans. *Quarante ans !* Le choc lui crispa l'estomac et il eut un renvoi. À vingt-sept ans et quatre mois, il avait la force d'un quadragénaire et, qui plus est, les muscles de ses épaules et de ses flancs lui faisaient mal. Décidé à redorer son blason, il s'approcha de l'autre machine, en se rendant compte avec surprise qu'il en faisait une question d'honneur.

Tels des animaux sauvages dont le territoire est envahi, les jeunes gens s'immobilisèrent et regardèrent Bird d'un air méfiant. Il examina avec une apparente indifférence la machine qu'ils entouraient. Elle faisait songer à une potence de film américain, à ceci près qu'à la place du pendu il y avait une espèce de casque de cavalerie de l'ancienne Russie, qui cachait en partie un sac de sable recouvert de cuir noir. Après avoir mis une pièce dans la fente qui se trouvait au centre du casque, le joueur faisait sortir le sac de sable de sa cachette, l'aiguille du cadran revenait à zéro et il n'y avait plus qu'à cogner. Comme pour une démonstration, un des garçons s'avança, mit une pièce, tira le sac de sable, recula d'un pas et se mit en position de boxeur. Le coup fit un bruit étouffé. L'aiguille indiqua le chiffre maximum. Triomphant, le garçon s'accroupit, dans une position de karaté cette fois, et donna au sac de sable un léger coup de pied. L'aiguille redescendit à 500 et le sac remonta lentement dans le casque, tel un bernard-l'ermite épuisé. Toute la bande éclata de rire.

Un désir absurde envahit Bird. Pour ne pas abîmer ses cartes, il ôta sa veste, la posa sur une table de bingo[1], et mit dans l'appareil une des pièces de monnaie dont il s'était muni pour téléphoner à l'hôpital. Les jeunes gens ne le quittaient pas des yeux. Bird fit descendre le sac, recula et serra les poings. Après avoir été chassé du lycée, au temps où il préparait ses examens d'entrée à l'université, il avait eu de nombreuses bagarres avec d'autres voyous de sa ville. On le craignait et il était toujours entouré de jeunes admirateurs. Bird avait confiance en ses poings. Il assura sa position et frappa le sac de sable d'un direct du droit. Avait-il dépassé le chiffre

1. Sorte de loto américain. (*N. d. T.*)

maximum, 2500, et détraqué l'appareil? Non : l'aiguille s'arrêta à 300… Plié en deux, les poings toujours crispés, Bird éprouva d'abord une espèce de stupeur, puis son visage devint rouge et brûlant. Derrière lui, les jeunes gens restaient silencieux, sans doute aussi surpris que lui par son exploit dérisoire. Bird remit une pièce. Cette fois, pas question de se soucier de la forme : il mit dans son coup de poing tout le poids de son corps. L'aiguille indiqua 500.

Bird remit sa veste et se retourna vers les jeunes gens, toujours muets. Il essaya d'adresser à son prédécesseur un sourire compréhensif et admiratif d'ancien champion, mais les garçons le regardaient d'un air narquois, comme ils auraient observé un chien. Bird devint écarlate et, le front bas, il se dirigea rapidement vers la sortie, accompagné par des rires moqueurs.

Envahi d'une honte enfantine, Bird traversa la place et s'enfonça dans une ruelle sombre. Il n'avait plus le courage de se mêler à la foule. Il s'engagea dans une impasse et fut brusquement arrêté par un talus de chemin de fer. Le ciel, à présent, était d'un noir d'encre au-dessus du brouillard rougeâtre que faisaient les tubes au néon de la place. Une goutte de pluie s'écrasa sur la joue de Bird, qui baissa la tête et, n'ayant rien d'autre à faire, s'arrêta pour uriner furtivement. Avant d'avoir fini, il entendit dans son dos des bruits de pas. Il se retourna et se vit entouré par les gamins aux blousons brodés.

Il ne voyait pas leurs visages, mais il se rappela leur expression narquoise, au *Tir du coin*. Sa faiblesse avait excité la sauvagerie instinctive de la bande, éveillé en eux le désir de tourmenter un compagnon de jeu incapable de se défendre. Bird eut peur et chercha une issue. Pour regagner la place, il aurait dû bousculer les garçons, ce dont il n'était pas question lorsqu'on avait tout juste la force d'un quadragénaire. Il songea un instant à feindre de foncer vers le talus du chemin de fer, puis à tourner à gauche et à filer entre la bande et les maisons – mais ses ennemis devinèrent son intention, comme il l'eût devinée à vingt ans – et déjouèrent sa manœuvre. À peine avait-il fait trois pas qu'il se heurta à une silhouette noire. Le coup de poing le fit tomber sur le talus. Avec un gémissement, il cracha de la salive mêlée de sang. Les adolescents eurent le même rire joyeux que si l'un d'eux avait bloqué l'aiguille de la machine, et leur cercle se resserra autour de Bird. Celui-ci pensa, en même temps, que ses cartes Michelin devaient être abîmées et que son enfant devait être né. Une rage soudaine s'empara de lui, mêlée de désespoir. Jusqu'à présent, il n'avait songé qu'à s'enfuir, mais il n'en avait plus l'intention. S'il ne se battait pas maintenant, non seulement il perdrait sa dernière chance d'aller jamais en Afrique mais son enfant viendrait au monde sous les pires auspices...

La pluie mouillait sa lèvre déchirée. Il secoua la tête, grogna et se releva lentement. Les garçons reculèrent d'un pas, comme pour lui faire de la place, et le plus costaud d'entre eux resta seul devant lui, en position de combat. Bird baissa la tête et fonça, tel un taureau furieux. Sa tête atteignit l'estomac de l'adolescent, qui poussa un cri et s'écroula en vomissant de la bile. Bird fit face aux autres. L'excitation du combat s'était réveillée en lui. Il ne l'avait pas connue depuis des années.

Il y eut une longue pause silencieuse, puis un des garçons cria aux autres :

– Allez, on file ! Laissons ce type, il est trop vieux !

La tension tomba brusquement. Les agresseurs de Bird aidèrent leur camarade à se relever et ils s'éloignèrent en direction de la place. Bird resta seul sous la pluie. Le comique de la situation le fit rire. Il y avait du sang sur sa veste, mais la pluie le ferait disparaître. Il avait mal au menton, aux bras, au dos, mais pour la première fois de la journée il éprouvait un sentiment de paix, presque de joie. Un train passa sur le talus au-dessus de sa tête, tel un énorme rhinocéros noir galopant dans un ciel d'encre.

Sur la place, en attendant un taxi, Bird s'avisa qu'une de ses dents était cassée. Il la cracha sur le trottoir.

2

Sous la carte d'Afrique occidentale, tachée de sang et de boue, qu'il avait épinglée au mur, Bird dormait, roulé en boule, dans la chambre à coucher conjugale. Le berceau blanc du bébé à venir était posé entre les deux lits, toujours enveloppé dans sa housse de vinyle.

Bird rêvait et grognait, dans son sommeil, contre la fraîcheur de l'aube. Il était sur un plateau de la rive ouest du lac Tchad, à l'est du Nigeria. Que faisait-il en un tel endroit? Soudain, un phacochère géant l'aperçut et fonça sur lui. Parfait! Bird était venu en Afrique par goût de l'aventure, pour rencontrer de nouvelles tribus et des dangers mortels, pour découvrir ce qu'il y avait au-delà de l'horizon d'une vie quotidienne trop paisible et constamment décevante. Mais il n'avait pas d'arme pour combattre le phacochère... Je suis arrivé en Afrique les mains vides et sans préparation, pensa-t-il – et la peur l'envahit. Il se rappela le couteau à cran d'arrêt qu'il portait toujours, dissimulé sous la ceinture de son pantalon, lorsqu'il était un voyou dans une ville de province. Comment disait-on «phacochère» en japonais? Il entendit s'enfuir les gamins qui l'avaient attaqué, et ils criaient : «Attention! C'est un phacochère!»

L'animal enragé n'était plus qu'à quelques mètres de lui – comment lui échapper? Et soudain, vers le nord, Bird découvrit une zone protégée par une ligne bleue oblique, sans doute un fil d'acier. Il se mit à courir. Trop tard! Le phacochère était presque sur lui… Je suis venu en Afrique les mains vides et sans préparation; je ne m'en tirerai pas. Le désespoir, la peur, les yeux innombrables des gens qui le regardaient courir vers eux, en sécurité derrière la ligne bleue… Les dents du phacochère s'enfonçaient dans sa cheville…

La sonnerie du téléphone le réveilla en sursaut. C'était l'aube – et il pleuvait toujours. Bird se leva et se précipita vers le téléphone. Une voix d'homme, après avoir prononcé son nom, lui dit sèchement :

– Venez immédiatement à la clinique, s'il vous plaît. L'enfant est anormal. Le médecin vous expliquera.

Brusquement, Bird se sentit à la dérive. Il aurait voulu retrouver son plateau nigérian et son rêve, si effrayant fût-il. Il se ressaisit et, d'une voix qui se voulait indifférente, demanda :

– La mère va bien ?

– Oui, votre femme va bien, mais venez aussi rapidement que possible, s'il vous plaît.

Bird regagna la chambre à coucher, ferma les yeux et essaya de se réfugier dans la chaleur du lit, comme s'il eût pu chasser la réalité en l'ignorant – mais rien ne changea. Il secoua la tête avec résignation et commença à s'habiller. Lorsqu'il se pencha pour enfiler son pantalon, ses muscles douloureux lui rappelèrent la bagarre de la soirée précédente, et il en éprouva une bouffée de fierté, toute passagère. En boutonnant sa chemise, il regarda la carte d'Afrique. Le plateau de son rêve s'appelait Deifa. Juste au-dessus, on avait dessiné un sanglier qui chargeait et la ligne oblique, bleu azur, indiquait la limite d'une réserve de chasse. Il n'aurait donc pas été en sécurité même s'il avait réussi à la franchir…

Il descendit l'escalier sur la pointe des pieds. La vieille femme qui était sa propriétaire habitait le rez-de-chaussée : si elle se réveillait, il aurait à répondre à sa curiosité bienveillante – mais que lui dire ? Tout ce qu'il savait, c'était que le bébé était anormal.

La bicyclette était couchée sur le gravier, au pied de la haie. Bird la releva et, de la manche de sa veste, essuya la selle trempée par la pluie, puis il l'enfourcha. En quelques instants, il sentit ses fesses humides et glacées. Et voilà que la pluie recommençait à tomber. Au croisement, il tourna à gauche et leva la tête. La rue était déserte. Les feuilles des arbres qui la bordaient paraissaient gorgées d'eau. Au-dessus des arbres, le ciel était encore d'un gris sale, à peine rose au loin, du côté du soleil qui allait se lever – un ciel sournois, encombré de gros nuages. Trois pies s'envolèrent devant Bird, manquant lui faire perdre l'équilibre. Il s'avisa qu'un rien le troublait, que ses yeux, ses oreilles et son odorat étaient anormalement sensibles. Mauvais présage : cela lui était déjà arrivé, au temps où il buvait.

Il se mit à pédaler en danseuse, pour aller plus vite. Il pensa un instant à sa fuite vaine, dans son rêve, mais cela ne le fit pas ralentir et il ne cessa de pédaler que devant l'entrée de la clinique, où il freina si brutalement que les pneus raclèrent l'asphalte et qu'il faillit tomber. Il était trempé et il grelottait. Il eut l'impression d'avoir roulé des heures durant.

Il s'arrêta devant la salle d'examen pour reprendre son souffle, puis jeta un coup d'œil à l'intérieur et s'adressa aux visages indistincts qui l'attendaient dans la pénombre :

– Je suis le père, dit-il d'une voix rauque, en se demandant pourquoi ces gens étaient assis dans une demi-obscurité.

Il aperçut enfin sa belle-mère, le visage à demi dissimulé derrière la manche de son kimono comme si elle essayait de ne pas vomir. Bird s'assit à côté d'elle et l'humidité de ses vêtements le fit frissonner. Ses yeux s'accoutumant à la pénombre, il vit trois médecins assis derrière une table, qui l'observaient en silence. Sur le mur, au-dessus de leur tête, tel un drapeau dans une salle de tribunal, une planche anatomique en couleurs symbolisait leur loi.

– Je suis le père, répéta Bird avec irritation, comme si on l'eût accusé à tort de quelque chose.

– Très bien, très bien, dit l'un des médecins d'un ton conciliant.

C'était le directeur de la clinique : Bird l'avait vu se laver les mains avant d'examiner sa femme. Au lieu de fournir les explications que Bird attendait, il se mit à bourrer la pipe qu'il avait sortie de la poche de sa blouse blanche. C'était un petit homme obèse, avec un air à la fois solennel et douloureux. Sa blouse malpropre était ouverte sur une poitrine aussi velue que le dos d'un chameau. Il n'avait en outre manifestement pas eu le temps de se raser; depuis l'après-midi de la veille il avait dû lutter pour sauver l'enfant. Bird lui en était reconnaissant, bien sûr, mais en même temps il lui trouvait un air suspect, qui l'incitait à rester sur la défensive – comme si, sous cette peau velue, quelque chose de dangereux se dissimulait.

Enfin, le directeur ôta la pipe de ses grosses lèvres et demanda brusquement à Bird en le regardant dans les yeux :

– Voulez-vous d'abord voir la chose?

Sa voix était trop sonore pour la petite pièce.

– Le bébé est-il mort? demanda Bird.

Un instant, le directeur le regarda d'un air bizarre, comme si Bird l'eût accusé d'avoir tué le nouveau-né, mais il effaça cette impression d'un sourire ambigu.

– Absolument pas, dit-il. Ses mouvements sont normaux et il a même la voix forte.

La belle-mère de Bird poussa un profond soupir. Ou bien elle était épuisée, ou bien elle voulait rappeler à Bird dans quelle situation pénible sa femme et lui se trouvaient.

– Eh bien? Voulez-vous voir la chose?

Le jeune médecin assis à la droite du directeur se leva. C'était un grand type maigre, au visage bizarrement asymétrique : un de ses yeux avait une expression timide et inquiète, l'autre un regard absent. Bird mit un moment à se rendre compte que c'était un œil de verre.

– Pourriez-vous d'abord m'expliquer? demanda Bird avec une pointe d'angoisse dans la voix.

Le mot qu'avait utilisé le directeur (la « chose ») avait suscité en lui une répulsion qui ne se dissipait pas.

– Cela vaudrait peut-être mieux, oui. Quand vous le verrez, vous risquez d'être surpris, comme je l'ai été moi-même.

Inopinément, le directeur émit un petit rire enfantin, et Bird sut que c'était ce rire dont il avait pressenti la présence suspecte sous la peau velue, ce rire qui avait d'abord pris la forme d'un vague sourire. Il regarda le directeur avec colère, avant de se rendre compte que c'était l'embarras qui le faisait rire. Il avait arraché du ventre de la femme d'un autre un monstre innommable – doté peut-être d'une tête de chat et d'un corps gonflé comme un ballon... En tout cas, le directeur avait honte de l'avoir mis au monde, et c'est pour cela qu'il riait. Son exploit, loin de convenir à la dignité professionnelle d'un accoucheur expérimenté, directeur de clinique, était plutôt celui d'un charlatan de vaudeville, et il en avait honte, oui…

Bird, sans bouger, attendit que le directeur se fût ressaisi. Un monstre ? De quelle sorte ? *«La chose»*, avait-il dit, et Bird avait entendu : *«un monstre»*. En se présentant, Bird avait dit : *«Je suis le père»* et les médecins avaient tiqué, car eux aussi avaient dû entendre autre chose : *«Je suis le père du monstre.»*

Le directeur retrouva sa dignité morose, mais son visage était un peu rouge. Bird regarda ailleurs, luttant contre la colère et la peur qui étaient en lui.

– Qu'a-t-il de si surprenant ? demanda-t-il.

– Vous voulez dire dans son aspect ? On pourrait croire qu'il a deux têtes…

Le directeur faillit se remettre à rire mais il se retint.

– Un peu comme des frères siamois ? suggéra timidement Bird.

– Non, pas du tout. Il semble seulement avoir deux têtes. Vous voulez le voir ?

– En langage médical, cela a-t-il un nom ?

– Oui : hernie cérébrale. Le cerveau fait saillie par une brèche du crâne… J'ai fondé cette clinique quand je me suis marié, mais c'est la première fois que je vois cela. Un cas extrêmement rare. Je peux vous dire que j'ai été surpris !

Hernie cérébrale... Bird essaya de se représenter la chose mais n'y parvint pas.

– Y a-t-il une chance pour qu'il se développe normalement? demanda-t-il.

– Pour qu'il se développe *normalement*?

Le directeur avait élevé la voix, comme sous l'effet de la colère.

– Avec une hernie cérébrale? On pourrait ouvrir le crâne et y faire rentrer le cerveau, mais même dans ce cas on aurait de la chance s'il survivait à l'état végétatif... Qu'entendez-vous exactement par «normalement»?

Le directeur regarda ses assistants comme pour les prendre à témoin du manque de sens commun de Bird. Les deux autres médecins hochèrent la tête et leurs yeux se fixèrent sur Bird. On eût dit des examinateurs regardant avec réprobation un candidat mal préparé à répondre à leurs questions.

– Va-t-il mourir tout de suite? demanda Bird.

– Non, pas tout de suite. Demain peut-être, ou même moins rapidement. C'est un nouveau-né extrêmement robuste... Cela dit, que comptez-vous faire?

Bird se tut, déconcerté. Que diable pouvait-il faire? On vous entraîne d'abord dans une impasse, puis on vous demande ce que vous comptez faire... Cet homme le faisait penser à un joueur d'échecs malicieux. Qu'aurait-il dû faire ? S'effondrer ? Gémir ?

– Si vous le souhaitez, dit le directeur, je peux le faire transporter à l'hôpital de l'Université… *Si* vous le souhaitez !

La proposition ressemblait à un piège. Bird, incapable de trouver une réponse adéquate, dit d'un ton hésitant :

– S'il n'y a pas d'autre solution…

– Aucune. Mais vous aurez la satisfaction d'avoir fait tout ce qui était possible.

– Ne pourrions-nous simplement laisser le bébé ici ?

Bird et les trois médecins regardèrent celle qui avait parlé. La belle-mère de Bird était assise, immobile, avec un air de ventriloque abandonné. Le directeur la considéra comme si elle eût dit une énormité.

– C'est impossible, dit-il. Tout à fait impossible. N'oubliez pas qu'il s'agit d'une hernie cérébrale.

– Dans ce cas, faites-le conduire à l'hôpital, dit Bird.

Le directeur sauta sur l'occasion de déployer ses éblouissants talents d'administrateur. Il ordonna à ses deux subordonnés de prendre contact avec l'hôpital de l'Université et de prévenir l'ambulance. Lorsqu'ils furent sortis, il ralluma sa pipe et, comme débarrassé d'un boulet gênant, il dit d'un air soulagé :

– Un de nos médecins accompagnera l'ambulance. Vous pouvez être assuré que le transfert se fera sans risque pour l'enfant.

– Je vous remercie beaucoup.

– D'autre part, mieux vaudrait que la grand-mère reste ici, avec sa fille. Pourquoi ne pas retourner chez vous et mettre des vêtements secs ? L'ambulance ne sera pas prête avant une demi-heure.

– C'est ce que je vais faire, dit Bird.

Le directeur s'approcha de lui et lui murmura à l'oreille, trop familièrement, un peu à la manière d'une plaisanterie obscène :

– Bien entendu, si vous le souhaitez, vous pouvez leur défendre d'opérer...

Pauvre petit bébé, pensa Bird... Il a fallu que la première personne qu'il rencontre dans ce monde soit ce porc velu...

Bird, sa belle-mère et le directeur gagnèrent en silence le bureau de réception, en évitant de se regarder. À la porte de la clinique, Bird se retourna pour dire au revoir. Sa belle-mère, dont les yeux ressemblaient tellement, soudain, à ceux de sa fille qu'elles auraient pu être deux sœurs, essaya de dire quelque chose. Bird attendit, mais elle continua à le regarder silencieusement et ses yeux perdirent toute expression. Bird sentit sa gêne, sa honte comme si elle avait été nue dans la rue. Qu'est-ce qui pouvait l'embarrasser ainsi? Bird détourna les yeux et dit au directeur :

– C'est une fille ou un garçon?

La question prit le directeur au dépourvu, il eut à nouveau son petit rire bizarre et il répondit sur le ton d'un jeune interne :

– Voyons... Je ne me rappelle pas très bien, mais il me semble avoir vu... oui, c'est bien ça : j'ai vu un pénis!

Bird s'éloigna. Il ne pleuvait plus et le vent était tombé. Du cocon pénombreux de l'aube était sortie une matinée éclatante et l'air avait une bonne odeur de début d'été qui détendit tous les muscles de Bird. Dans la clinique flottait encore une mollesse nocturne et, à présent, la lumière du matin, se reflétant sur le pavé humide et les feuilles des arbres, faisait presque mal aux yeux fatigués de Bird. Sur sa bicyclette, il se sentait engourdi comme un insecte sous le dard d'un scorpion.

« Tu pourrais conduire cette bicyclette vers un pays lointain et sombrer dans le whisky pendant des jours et des jours », lui susurra une voix bizarre. Bird attendit qu'elle lui en dise plus, mais il n'entendit rien. Il appuya léthargiquement sur les pédales...

Ce fut seulement lorsqu'il se pencha pour prendre un caleçon propre sur le récepteur de TV qu'il s'avisa qu'il était nu. Ses yeux se posèrent sur son sexe et un sentiment de gêne l'envahit. Il mit rapidement son caleçon, son pantalon et une chemise sèche, mais il lui semblait toujours être un maillon de la chaîne honteuse qui attachait sa belle-mère et le directeur de l'hôpital. Quelle chose pitoyable que le corps humain, imparfait, fragile, toujours en danger ! En tremblant, Bird quitta l'appartement comme s'il avait fui, enfourcha sa bicyclette et s'éloigna. Il eût souhaité pouvoir fuir son propre corps, et il avait l'impression de le faire plus sûrement à bicyclette qu'à pied, ne fût-ce qu'un peu...

Lorsqu'il arriva à la clinique, il vit un homme en blanc descendre rapidement les marches du perron en portant une espèce de panier et se frayer un passage parmi les passants pour gagner l'ambulance. Le Bird faible et lâche qui avait envie de s'enfuir essaya de regarder la scène comme si elle se passait très loin et n'eût rien à voir avec lui, simple promeneur matinal. Mais il ne pouvait que continuer à avancer, telle une taupe creusant son tunnel dans la boue.

Il descendit de bicyclette et attacha l'antivol à la roue avant. Une voix réprobatrice s'éleva derrière lui, le faisant sursauter :

– Vous ne pouvez pas laisser ce vélo ici !

Bird se retourna et regarda le directeur. Puis il souleva la bicyclette et s'enfonça avec elle dans les buissons, d'où il ressortit les souliers couverts de boue. Le directeur parut regretter sa brusquerie. Il mit une main sur l'épaule de Bird pour le conduire jusqu'à l'ambulance et lui dit sur le ton emphatique d'une révélation capitale :

– Vous savez, *c'est* un garçon… Je savais bien que j'avais vu un pénis.

Le médecin borgne et un anesthésiste étaient assis dans l'ambulance avec, entre eux, le panier et une bonbonne d'oxygène. Le dos de l'anesthésiste dissimulait le contenu du panier ; mais le faible sifflement de l'oxygène disait clairement que cela vivait. Bird s'assit en face des deux hommes, bien qu'il fût gêné par une civière de toile posée sur la banquette.

Il jeta un regard en direction de la clinique – et tressaillit. À toutes les fenêtres du premier étage et même sur le balcon, des femmes enceintes le regardaient. Toutes portaient des peignoirs de nylon rouges ou bleus – elles venaient de sortir du lit – et l'on eût dit une armée d'anges dansant dans le ciel. Bird lut sur leurs visages la curiosité, l'attente, un intérêt malsain. Il baissa les yeux. La sirène se mit à hululer et l'ambulance démarra. Bird dut s'accrocher à la banquette pour ne pas tomber.

Cette sirène ! Jusqu'alors, une sirène avait été pour lui un objet mouvant : son gémissement venait de loin, passait et s'estompait. À présent, ce hululement semblait faire partie de lui, telles une maladie ou une souffrance lancinante, qui ne finirait jamais.

– Tout va bien, dit le médecin à l'œil de verre.

Il y avait dans son attitude une autorité dont l'assurance avait, pour Bird, quelque chose de menaçant.

– Merci, murmura-t-il.

Le médecin ajouta :

– C'est un cas très rare, vous savez. Le premier que je vois.

Malgré la civière, il vint s'asseoir à côté de Bird.

– Vous êtes un spécialiste du cerveau ? demanda celui-ci.

– Non, je suis accoucheur. Il n'y a pas de spécialiste du cerveau, chez nous. Mais les symptômes sont évidents : hernie cérébrale, sans aucun doute. Bien sûr, nous en saurions davantage si nous avions fait un prélèvement dans la partie protubérante, mais c'est délicat et risqué. C'est pour cela que nous préférons conduire le bébé à l'hôpital... Je suis accoucheur, je vous l'ai dit, mais je ne suis pas mécontent d'avoir rencontré un cas de hernie cérébrale. J'espère pouvoir assister à l'autopsie... Vous consentirez à une autopsie, n'est-ce pas ? Je dois vous sembler cynique, mais dites-vous que le progrès, en médecine, est cumulatif – je veux dire que l'autopsie de votre enfant nous permettra peut-être d'en sauver d'autres. En outre, pour être tout à fait franc, je crois qu'il vaut mieux qu'il meure, pour lui, pour votre femme et pour vous. Il y a des gens qui se montrent sottement optimistes en présence de cas de cette sorte, mais il me semble quant à moi que, plus vite l'enfant mourra, mieux cela vaudra pour tout le monde. C'est peut-être une question de génération... Je suis né en 1935. Et vous, quel âge avez-vous ?

Incapable de préciser la date de sa naissance selon le calendrier occidental, Bird répondit :

– Comme vous... Je me demande s'il souffre ?

– Ça dépend de ce que vous entendez par souffrir... Il est incapable de voir, d'entendre ou de sentir, oui. Et je parierais que les nerfs qui transmettent la douleur au cerveau ne fonctionnent pas non plus. Rappelez-vous ce que le directeur a dit : c'est une espèce de végétal. Selon vous, un végétal peut-il souffrir ?

Bird se posa la question tout bas. Un végétal souffre-t-il, selon moi ? Me suis-je jamais demandé si un chou souffre quand une chèvre le broute ? Il hocha la tête, comme si le problème eût dépassé sa capacité de jugement. Et en même temps, il s'en voulait d'être ainsi dominé par un inconnu. Cela ne lui était encore jamais arrivé, du moins sans qu'il résistât un peu...

– L'oxygène ne passe pas très bien, dit l'anesthésiste.

Le médecin se leva pour vérifier le tuyau de caoutchouc et Bird, pour la première fois, vit son fils.

C'était un bébé affreux, avec un petit visage rouge et ridé. Ses yeux étaient fermés comme deux minuscules coquillages, des tuyaux de caoutchouc s'enfonçaient dans ses narines et sa bouche ouverte semblait émettre un cri silencieux. Bird se pencha en avant pour voir le pansement qui lui entourait la tête. Sous le bandage, le crâne était enfoui dans du coton sanglant, mais rien n'indiquait la présence d'une excroissance anormale.

Bird détourna les yeux et appuya son front contre la vitre. Dans la rue, surpris par la sirène, les gens regardaient passer l'ambulance avec la même curiosité malsaine que les femmes enceintes de la clinique. Ils donnaient l'impression d'avoir été figés dans leur mouvement, pareils aux personnages d'un film en panne.

Mon fils a la tête entourée de pansements, comme Apollinaire lorsqu'il a été blessé sur le champ de bataille, pensa Bird. Mon fils a été blessé comme Apollinaire, sur un champ de bataille abandonné, que je n'ai jamais vu – et maintenant il crie silencieusement…

Bird se mit à pleurer. La tête pansée, comme Apollinaire… Cette image avait simplifié ses sentiments, leur avait donné un sens. Il se sentait devenir bêtement sentimental, mais en même temps il avait l'impression d'être justifié, et il découvrait même une certaine douceur à ses larmes. Mon fils a été blessé comme Apollinaire, sur un champ de bataille inconnu, et il en est revenu avec des pansements autour de la tête. Il faudra que je l'enterre comme un soldat mort à la guerre…

Bird continua à pleurer.

3

Bird était assis sur une marche d'escalier, devant la salle des urgences, les mains crispées sur ses cuisses pour lutter contre la fatigue qui l'avait envahi lorsqu'il avait cessé de pleurer. Le médecin borgne sortit de la salle. Il avait l'air contrarié. Bird se leva.

– Ah, l'administration ! s'écria le médecin. Personne ne vous laisse placer un mot, ici, pas même les infirmières…

Son attitude avait changé. Il n'avait plus la même assurance que dans l'ambulance.

– Notre directeur m'a donné une lettre pour un professeur qui travaille ici, un lointain parent à lui, et je n'arrive même pas à savoir où il est !

Bird comprit son brusque désarroi : ici, tout le monde était traité comme un nouveau-né, et le jeune médecin à l'œil de verre commençait à douter de sa propre importance.

– Et le bébé ? demanda Bird avec une émotion qui l'étonna lui-même.

– Le bébé ? Ah oui... Nous saurons où nous en sommes lorsque le chirurgien aura fini de l'examiner... s'il n'est pas mort d'ici là. S'il meurt, l'autopsie nous éclairera. Je doute qu'il vive plus de vingt-quatre heures. Vous pourriez revenir demain, dans l'après-midi – mais je vous avertis : cet hôpital est tenu par des bureaucrates. Même les infirmières !

Comme décidé à n'écouter aucune autre question, il s'éloigna. Bird le suivit, en serrant contre lui le panier vide. L'anesthésiste et le chauffeur de l'ambulance les rejoignirent dans le couloir d'entrée. Ils ne parurent pas remarquer tout de suite que le médecin avait perdu sa jovialité. Eux-mêmes, d'ailleurs, n'avaient plus l'espèce de dignité qu'ils avaient manifestée tandis que l'ambulance traversait la ville, pareille à une voiture blindée fonçant sur un champ de bataille, en faisant ostensiblement résonner sa sirène et en brûlant les feux rouges. Bird observa que, de dos, les deux hommes en blanc se ressemblaient comme des jumeaux. Même leur calvitie naissante était identique.

Le médecin borgne ne leur prêtait pas attention. Bird, pour leur manifester sa sympathie, demanda à l'anesthésiste :

– Pouvez-vous aussi faire marcher votre sirène et brûler les feux rouges sur le chemin du retour?

Les jumeaux échangèrent un regard, puis un petit rire narquois. Bird se sentit vexé à la fois par la sottise de sa question et par leur réaction, mais les deux hommes parurent regretter d'avoir ri de ce malheureux jeune père, ce qui fit que la colère de Bird s'apaisa aussitôt et se transforma en remords.

Il regarda le panier qu'il portait sous son bras, vide comme un trou creusé sans nécessité, à l'exception d'une couverture pliée, d'un rouleau de gaze et d'un peu de coton. Le sang qui tachait la gaze et le coton n'évoquaient que très vaguement le bébé à la tête pansée et Bird n'arrivait même plus à se rappeler son visage. Il en éprouva un mélange de soulagement, de mauvaise conscience et de peur. Bientôt, pensa-t-il, j'aurai tout oublié de ce bébé, de cette vie jaillie d'une obscurité infinie, qui a passé neuf mois à l'état de fœtus pour ne connaître que quelques heures d'une existence pénible et retourner au néant. Peut-être vais-je même l'oublier tout de suite – mais quand viendra l'heure de ma propre mort il se peut que je m'en souvienne et alors, si ce souvenir rend mon agonie plus pénible et plus intense ma peur de la mort, j'aurai rempli une petite partie de mes obligations de père...

Les quatre hommes sortirent de l'hôpital et les jumeaux se mirent à courir vers le parc des voitures. Leur profession leur imposait de faire toujours diligence ; courir devait être pour eux un comportement normal. Le médecin borgne, lui, s'arrêta devant une cabine téléphonique, d'où il appela son directeur pour lui rendre compte brièvement de sa brève mission. Puis il se tourna vers Bird :

– La mère de votre femme est à l'appareil, dit-il à Bird. Voulez-vous lui parler?

Bird eut envie de crier : « Grands dieux, non ! » Depuis ses nombreux coups de téléphone de la veille, la voix de sa belle-mère, pareille au bourdonnement d'un moustique prisonnier de l'écouteur, n'avait cessé de l'obséder. Il posa pourtant le panier par terre et prit le récepteur d'un air maussade.

– Le spécialiste n'a pas encore terminé son examen, dit-il. Je dois revenir demain après-midi.

– Mais à quoi bon tout cela ? Je veux dire : qu'y a-t-il encore à espérer ?

Elle avait un ton presque accusateur, comme si Bird eût été directement responsable de tout.

– Le fait est que le bébé est encore vivant, dit-il... Je vais revenir et vous expliquer.

Il allait raccrocher, mais sa belle-mère ajouta :

– Allô… Non, ne revenez pas ici. La petite croit que vous avez conduit le bébé dans une clinique de cardiologie. Si vous revenez maintenant, elle aura des soupçons. Cela semblera plus normal si vous ne venez que demain ou après-demain, quand elle sera plus calme, et si vous lui dites que le bébé est mort d'une malformation cardiaque. En attendant, vous me téléphonerez.

– Très bien, dit Bird. Je vais aller au collège et expliquer ce qui s'est passé à…

Il entendit un déclic. À l'autre bout du fil, on avait raccroché. Il fit de même et ramassa le panier.

Le médecin borgne était déjà dans l'ambulance. Sans y monter, Bird posa le panier sur la banquette et dit :

– Merci pour tout.

– Vous préférez rentrer chez vous ? demanda le médecin.

– Oui, dit Bird.

En fait, il avait l'intention d'aller raconter ce qui s'était passé à son beau-père et, ensuite, de ne pas rentrer chez lui. Une visite au professeur était une perspective presque réconfortante, comparée à celle d'aller retrouver sa femme et sa belle-mère.

Le médecin referma la portière et l'ambulance s'éloigna silencieusement, à une vitesse normale, tel un ancien monstre privé de sa force et de sa voix.

Bird traversa l'esplanade de l'hôpital, aussi longue et large qu'un terrain de football. À mi-chemin, il se retourna et regarda le bâtiment où il venait d'abandonner son premier enfant, un bébé sur le point de mourir. L'hôpital ressemblait à un fort. Sa masse imposante, brillant dans le soleil du matin, rendait plus dérisoire qu'un grain de sable le nouveau-né qui criait faiblement dans un de ses recoins obscurs. Si je reviens demain, pensa Bird, je pourrais bien me perdre dans ce labyrinthe, ne jamais y retrouver mon enfant mourant ou déjà mort... Cette idée allégea bizarrement le poids de son infortune. Il se hâta de gagner la porte d'entrée et la rue.

C'était la plus belle heure d'une journée d'été. Une brise qui lui rappelait ses excursions d'écolier caressa agréablement la joue de Bird, rougie par le manque de sommeil. Sa peau but avidement la douceur du moment présent et un sentiment de libération se fit jour dans sa conscience.

Il entra dans le premier salon de coiffure venu, pour se faire raser. Le coiffeur l'invita à s'asseoir comme s'il eût été un habitué, sans rien deviner, apparemment, de ses ennuis. Bird, en se mettant dans la peau de celui que le coiffeur voyait, réussit à se débarrasser de sa tristesse et de son inquiétude. Il ferma les yeux et fut sur le point de sourire, mais il se l'interdit. Il ne fallait tout de même pas exagérer... Pour se punir, il se força à penser au bébé. Il ne devait pas souffrir, lui avait dit le médecin borgne. Tant mieux – mais que signifiait la mort pour un bébé dans cet état? Ou même la vie? Un bourgeon d'existence sortait du néant et, bien sûr, un fœtus n'avait pas de conscience, il se bornait à exister, roulé en boule dans un monde chaud, obscur, presque aquatique. Et puis, périlleusement, il surgissait dans un monde froid, dur, sec et d'une lumière éclatante, qu'il ne pouvait pas remplir comme il avait rempli le ventre de sa mère. Il devait y vivre avec une multitude d'étrangers. Mais pour un bébé pareil à un végétal, ce séjour dans le monde extérieur ne représenterait que quelques heures d'une souffrance mystérieuse, inexplicable – puis un instant de suffocation et, de nouveau, le néant. Et s'il y avait *vraiment* un Jugement dernier? Au nom de quoi serait jugé, inculpé, condamné ou gracié un bébé qui n'aurait vécu que quelques heures? Le Juge estimerait-il le dossier incomplet? Bird connut soudain une nouvelle peur. Si j'étais appelé comme témoin, je ne serais même pas capable de reconnaître mon propre enfant…

– Ne bougez pas ainsi, dit le coiffeur. J'ai failli vous couper sérieusement…

Bird se toucha la lèvre et vit un peu de sang sur son doigt. Une nausée lui monta à la gorge. Son sang était du groupe A, celui de sa femme aussi. Le peu de sang qui coulait dans le corps du bébé mourant était donc sans doute du groupe A également… Bird referma les yeux et le coiffeur continua de le raser, prudemment, autour de l'écorchure, puis il rasa à toute vitesse les joues et le menton, comme pour rattraper le temps perdu.

– Je vous fais un shampooing?

– Non, merci.

– Vos cheveux sont gras et poussiéreux, insista le coiffeur.

– Je sais. Je suis tombé, la nuit dernière.

En quittant le fauteuil, Bird se regarda dans le miroir. Ses cheveux étaient effectivement sales, mais son visage était aussi frais, rose et luisant que le ventre d'une truite. S'il avait eu des yeux plus brillants, des paupières moins plissées, si ses lèvres minces avaient été moins serrées, il aurait paru nettement plus jeune et plus éveillé que l'image de lui-même que reflétait, la veille au soir, la vitrine du magasin.

Il avait eu raison, en tout cas, de s'arrêter chez le coiffeur. Faute de mieux, cette halte lui avait rendu un peu de son équilibre, sérieusement compromis depuis l'aube. Lorsqu'il arriverait au collège, l'éclat que le rasoir avait donné à ses joues serait sans doute estompé, mais du moins n'aurait-il pas, pour se présenter devant son beau-père, la mine d'un vagabond lugubre et ridicule. En cherchant des yeux un arrêt d'autobus, Bird se rappela qu'il avait assez d'argent en poche pour prendre un taxi.

Lorsqu'il en descendit, il se trouva au milieu d'une foule d'étudiants qui franchissaient la grille pour aller déjeuner. Il était midi cinq. Sur le campus, il arrêta un garçon pour lui demander son chemin. À sa surprise, l'étudiant lui sourit familièrement et lui dit d'un ton nostalgique :

– Ça fait longtemps qu'on ne s'était vus, *sensei* !… J'étais dans votre classe, à la boîte. Aucun des collèges du gouvernement n'a voulu de moi, alors j'ai demandé à mon père de faire un don à cette école et j'y suis entré par la petite porte.

Bird se rappela enfin le garçon, que ses yeux écarquillés et son nez bulbeux faisaient ressembler aux paysans allemands de l'édition illustrée des *Contes de Grimm*.

– J'ai l'impression que mes leçons ne vous ont pas beaucoup aidé, dit Bird.

– Ne croyez pas cela, sensei ! On ne perd jamais son temps à étudier, même si on ne retient rien de ce qu'on a appris.

Bird le soupçonna de se moquer de lui mais, de toute évidence, le garçon était plein de bonne volonté. Parmi la centaine de ses condisciples, Bird se rappela qu'il avait été un cancre avéré, et c'était pour cette raison même qu'il était heureux d'apprendre à Bird qu'il était entré dans une école de second ordre « par la petite porte ». Alors que tous les autres auraient essayé d'éviter leur répétiteur, il tenait à manifester sa gratitude pour des leçons qui ne lui avaient servi à rien.

– Si on considère le niveau de notre enseignement, dit Bird, il est agréable de vous entendre parler ainsi.

– Oh, ça valait la peine… Vous allez devenir professeur ici ?

Bird secoua la tête. L'élève eut le tact de ne pas insister.

– Laissez-moi vous conduire, dit-il. C'est par ici… Mais je ne plaisantais pas, sensei : je n'ai pas perdu mon temps, à la boîte. Tout ce que j'y ai appris m'est resté dans la tête et, un jour, cela me servira. Il suffit d'attendre le bon moment. N'est-ce pas à cela que servent les études, en fin de compte ?

En compagnie de son ancien élève optimiste et sentencieux, Bird prit une allée bordée d'arbres en fleurs et arriva devant un bâtiment en brique d'un rouge ocré.

– Le département d'anglais est au deuxième étage, dit le jeune homme. J'ai été si heureux d'entrer ici que j'ai tout exploré. Je connais les lieux comme la paume de ma main, ajouta-t-il fièrement.

Puis il eut un sourire visiblement moqueur à son propre endroit.

– Je dois vous paraître idiot, n'est-ce pas?

– Non, pas du tout.

– Vous êtes gentil... Eh bien, à bientôt, sensei. Et soignez-vous bien : vous n'avez pas très bonne mine.

En montant l'escalier, Bird pensa : « Ce garçon, quand il sera adulte, se débrouillera mille fois mieux que moi dans la vie. Lui, au moins, il n'aura pas d'enfants qui mourront de hernie cérébrale ! » Il ne se serait pas douté qu'il avait eu dans sa classe un aussi surprenant moraliste...

Par la porte entrouverte du département d'anglais, Bird vit son beau-père, assis dans un fauteuil à bascule sur un petit balcon et contemplant le ciel. Le bureau ressemblait à une salle de conférence, plus grande et plus claire que les bureaux de l'université où Bird avait passé ses examens. Son beau-père disait souvent, d'un ton ironique, comme se moquant de lui-même, que le poste qu'il occupait dans ce collège privé et les avantages qu'il comprenait – notamment le fauteuil à bascule – l'empêchaient de regretter l'Université d'État. Bird se rendit compte que ce n'était pas seulement une plaisanterie.

À une grande table, près de la porte, trois jeunes assistants prenaient le thé. Bird les connaissait tous les trois de vue : de brillants sujets, en avance sur lui d'une classe au collège. Sans son expulsion et l'histoire du whisky, il aurait certainement essayé de suivre leurs traces.

Bird frappa puis entra dans la pièce, salua ses trois aînés et se dirigea vers le balcon. Son beau-père tourna la tête vers lui, en se balançant dans son fauteuil à bascule. Les trois autres le suivirent des yeux avec des sourires identiques et indifférents. Sans doute considéraient-ils Bird comme un phénomène, mais il n'appartenait pas à leur univers.

– Bonjour, professeur, dit Bird, qui avait gardé l'habitude d'appeler ainsi son beau-père, même après son mariage.

– Le bébé est-il né ?

– Oui, il est né..., répondit Bird d'une petite voix.

Il se força à poursuivre et lança tout d'un trait :

– Il a une hernie cérébrale et le médecin dit qu'il mourra demain ou après-demain, mais sa mère va bien.

Le visage léonin du professeur passa du brun au vermillon et Bird se sentit rougir lui-même. Il se rendit compte à quel point, depuis l'aube, il avait été seul et abandonné.

– Une hernie cérébrale ? Vous l'avez vu ?

– Oui. Sa tête était entourée de pansements, comme Apollinaire.

– Des pansements… comme Apollinaire…

Le professeur avait l'air d'essayer ces mots comme pour y trouver matière à plaisanterie. Lorsqu'il parla, ce fut moins en s'adressant à Bird qu'aux trois assistants :

– Il est difficile de dire avec certitude, à notre époque, s'il vaut mieux avoir vécu que ne pas être né.

Les trois jeunes gens rirent discrètement, Bird se retourna vers eux. Ils affrontèrent son regard, et leur expression signifiait clairement qu'ils n'étaient pas du tout surpris qu'un personnage aussi extravagant que Bird connût une telle mésaventure. Blessé, Bird baissa les yeux sur ses chaussures boueuses.

– Je vous préviendrai quand tout sera fini, dit-il à son beau-père.

Le professeur se taisait. Bird eut l'impression que son fauteuil à bascule lui semblait moins confortable que d'habitude. Lui aussi se tut. Il lui semblait avoir dit tout ce qu'il avait à dire. S'en tirerait-il aussi bien lorsque viendrait le moment de tout raconter à sa femme ? Sûrement pas. Il y aurait des larmes, des charretées de questions, le sentiment de la vanité des mots, une gorge douloureuse, une crise de nerfs…

– Je dois retourner à l'hôpital, dit-il enfin. Il y a encore des papiers à signer.

– C'est gentil à vous d'être venu.

Le professeur ne manifestait pas l'intention de quitter son fauteuil. Bird, heureux qu'on ne lui demandât pas de rester davantage, allait s'en aller, lorsque son beau-père ajouta :

– Il y a une bouteille de whisky dans mon bureau. Emportez-la.

Bird se figea. Il sentait la curiosité des trois assistants. Ils devaient, comme son beau-père, être au courant de sa crise alcoolique et ils attendaient sa réaction. Bird se rappela un passage du manuel d'anglais qu'il utilisait avec ses élèves : *« Vous vous moquez de moi ? Me cherchez-vous querelle ? »* Il se pencha quand même sur le bureau à tambour du professeur, l'ouvrit et y prit à deux mains la bouteille de Johnny Walker. Il sentait qu'il était cramoisi, et pourtant il éprouva une joie malsaine.

C'était comme demander à un homme de piétiner un crucifix pour prouver qu'il n'était pas chrétien… Eh bien, ils ne le verraient pas hésiter!

– Je vous remercie, dit-il.

Les trois assistants se détendirent. Le professeur se remit à balancer son fauteuil, la tête droite, le visage toujours impassible et toujours écarlate. Bird salua rapidement les trois autres et s'en alla.

Il serrait prudemment la bouteille de whisky dans sa main, comme s'il s'agissait d'une grenade. Le reste de la journée lui appartenait et le Johnny Walker éveillait en lui une promesse d'extase et de péril. Demain, ou après-demain, ou peut-être après une semaine de sursis, quand ma femme saura tout, pensa-t-il, nous nous retrouverons enfermés dans une cruelle prison de névrose. En attendant, j'ai bien droit à cette bouteille et à un peu de liberté…

Il songea d'abord à rentrer chez lui pour boire tranquillement, mais ce n'était pas une bonne idée. Chez lui, il risquait d'être assiégé par sa propriétaire et ses amis, harcelé de coups de téléphone, de questions touchant le bébé. En outre, la présence du berceau blanc l'obséderait. Pourquoi ne pas plutôt prendre une chambre dans un hôtel à bon marché? Mais il se vit en train de se soûler dans une chambre sinistre, et il eut peur. Il regarda avec envie le joyeux Écossais en habit rouge qui galopait sur l'étiquette du Johnny Walker. Où allait-il ainsi ? Et soudain, Bird se rappela une amie de jadis. Été comme hiver, elle passait toutes ses journées enfermée dans sa chambre à coucher, à remuer des pensées hautement métaphysiques dans un nuage de fumée de cigarette, pour ne sortir qu'après la tombée de la nuit.

Bird s'arrêta au bord du trottoir, devant l'entrée du collège, et guetta un taxi. De l'autre côté de la rue, derrière la vitre d'une cafétéria, il aperçut son ancien élève, assis en compagnie d'autres étudiants. Le jeune homme le vit aussi et se mit à faire des gestes amicaux pour attirer son attention. Que dirait-il de Bird à ses amis ? Dirait-il qu'il était un répétiteur d'anglais, chassé du collège pour alcoolisme, un homme prisonnier d'une passion inexplicable ou peut-être d'une peur maladive ?

L'étudiant continua à lui sourire jusqu'à ce que Bird fût monté dans le taxi. Lorsque celui-ci s'éloigna, Bird eut le sentiment d'avoir reçu la charité d'un garçon qui, lorsqu'il était son élève, n'avait jamais été capable de faire la différence entre un gérondif et un participe présent et dont le cerveau ne devait pas être plus gros que celui d'un chat.

L'amie de Bird vivait sur une des nombreuses hauteurs de la ville, dans un quartier entouré de temples et de cimetières. Elle habitait seule une petite maison au fond d'une ruelle. Bird avait fait sa connaissance dans un cours mixte, en première. Lorsqu'elle avait eu à se présenter aux autres, elle les avait mis au défi de deviner l'origine de son prénom insolite, Himiko – l'Enfant-qui-aperçoit-le-feu. Bird avait donné la réponse exacte : ce nom avait été pris dans les chroniques de l'antique province de Higo – *« L'empereur ordonna à ses rameurs : Là-bas, au loin, brûle un feu ; dirigez-vous droit sur lui… »* Après cela, Bird et Himiko, la fille de l'île de Kyushu, étaient devenus des amis.

Il y avait très peu de filles à l'université de Bird, rien qu'une poignée d'étudiantes en histoire de l'art venues à Tokyo de la province et qui toutes, semblait-il à Bird, s'étaient rapidement transformées en indéfinissables monstres, comme si certaines cellules de leur corps s'étaient anormalement développées pour leur donner un air morne et stupide. Leurs études les rendaient généralement inaptes à une vie normale. Si elles se mariaient, c'était pour divorcer. Si elles trouvaient un emploi, on les renvoyait et celles qui ne faisaient rien, sinon voyager, mouraient dans d'absurdes et atroces accidents de voiture. Himiko, lorsqu'elle avait eu son diplôme, s'était mariée avec un autre étudiant. Elle n'avait pas divorcé – mais son mari s'était suicidé un an après leur mariage. Son beau-père lui avait donné la maison où le jeune couple avait vécu et il continuait à l'entretenir, avec l'espoir qu'elle se remarierait – mais Himiko, pour l'instant, se consacrait, le jour, à la méditation et, la nuit, à des sorties en voiture de sport.

Bird avait entendu dire qu'elle avait une vie sexuelle aventureuse, et même que ses goûts insolites n'étaient pas sans rapport avec le suicide de son mari. Bird n'avait couché qu'une seule fois avec Himiko, mais cette nuit-là tous les deux étaient complètement ivres et il n'était même pas sûr d'être allé jusqu'au bout. Cela s'était passé longtemps avant le mariage de Himiko et, bien qu'elle eût manifesté un vif désir et cherché activement son propre plaisir, elle n'était alors qu'une étudiante sans expérience.

Bird descendit du taxi à l'entrée de la ruelle où Himiko habitait. Il calcula rapidement l'argent qui lui restait. Demain, après la classe, il lui faudrait demander une avance sur son mois.

Il dissimula la bouteille de Johnny Walker sous sa veste. Les voisins de Himiko devaient être au courant de sa vie déréglée et sans doute guettaient-ils discrètement ses visiteurs…

Bird sonna. Pas de réponse. Il frappa à la porte et prononça doucement le nom de Himiko – simple formalité. Il fit le tour de la petite maison et vit une MG d'occasion, poussiéreuse, parquée sous la fenêtre de la chambre à coucher. La voiture écarlate paraissait avoir été abandonnée là depuis longtemps. Bird appela de nouveau Himiko et, cette fois, un rideau s'écarta légèrement. Bird sourit : il savait qu'il avait trouvé l'endroit idéal pour entamer une bouteille de Johnny Walker au milieu de la journée.

L'esprit allégé, il retourna à la porte d'entrée.

4

– J'espère que tu ne dormais pas, dit-il lorsque Himiko lui ouvrit la porte.

– Dormir ? À cette heure-ci ?

Elle leva une main pour se protéger du soleil, mais en vain : le soleil de la mi-journée tomba brutalement sur son cou et ses épaules que découvrait en partie un peignoir de bain en tissu éponge violet. Le grand-père de Himiko était un pêcheur de Kyushu qui avait épousé, après l'avoir enlevée, une jeune Russe de Vladivostok – ce qui expliquait la blancheur transparente de la peau de la jeune femme. Ses gestes aussi avaient quelque chose de ceux d'une étrangère jamais tout à fait à l'aise dans son nouveau pays.

Éblouie par la lumière, elle recula dans l'ombre de l'entrée avec la hâte d'un oiseau surpris. Elle n'avait plus la beauté vulnérable d'une jeune fille et pas encore la plénitude épanouie d'une femme mûre. On devinait qu'elle resterait probablement longtemps à ce stade incertain.

Bird entra rapidement et referma la porte derrière lui. L'obscurité du vestibule le fit cligner, tandis qu'il ôtait ses chaussures.

– Je déteste réveiller les gens, dit-il.

– Tu es bien timide, aujourd'hui... De toute manière, je ne dormais pas. Si je fais la sieste pendant la journée, je n'arrive pas à dormir la nuit. J'étais en train de penser à la pluralité des univers...

La pluralité des univers ? Très bien, pensa Bird, voilà un bon sujet à discuter en buvant du whisky... Il suivit Himiko dans le living-room obscur. Il chercha des yeux le vieux fauteuil en rotin où il s'asseyait toujours et s'y installa prudemment, après en avoir ôté une pile de magazines. Il savait que Himiko n'allumerait pas l'électricité et ouvrirait moins encore les rideaux avant d'avoir pris une douche, de s'être habillée et maquillée. Ses visiteurs étaient priés d'attendre patiemment dans l'obscurité. Lors de sa dernière visite, un an plus tôt, Bird avait marché sur un verre et s'était entaillé le gros orteil – souvenir désagréable.

Où poser la bouteille de whisky ? La table, le parquet, l'étagère sous la fenêtre, l'électrophone et le récepteur de TV disparaissaient sous un incroyable bric-à-brac de livres, de magazines, de boîtes et de bouteilles vides, de coquillages, de couteaux, de ciseaux, de fleurs fanées et de lettres ouvertes ou non. Bird hésita, puis posa la bouteille entre ses pieds. Himiko, qui l'observait ironiquement, lui dit :

– Je n'ai toujours pas appris à être ordonnée, tu vois. C'était déjà ainsi lors de ta dernière visite ?

– Tu parles ! dit Bird. Je me suis même blessé au pied.

– C'est pourtant vrai... Je me rappelle qu'il y avait du sang partout ! Il y a un siècle de cela, Bird, mais rien n'a changé ici. Et toi ?

– Il m'est arrivé une espèce... d'accident.

– Un accident ?

Bird n'avait pas eu l'intention de faire immédiatement état de ses ennuis. Pour simplifier, il dit :

– Nous avons eu un enfant mais il est mort tout de suite.

– Non ? Vraiment ? J'ai deux amies à qui la même chose est arrivée. Cela en fait trois. Tu ne crois pas que les retombées radioactives y soient pour quelque chose ?

Bird essaya de comparer son enfant à ceux, dont il avait vu les photos, chez qui la radioactivité avait provoqué des anomalies – mais il lui suffisait de penser à celle du bébé qui semblait avoir deux têtes pour qu'un sentiment brûlant de honte lui serrât la gorge. Comment aurait-il pu discuter d'une chose aussi personnelle ? Il lui sembla que c'était là un souci qu'il ne pourrait jamais partager avec autrui.

– Dans le cas de mon fils, répliqua-t-il, il s'agit apparemment d'un simple accident.

– Quelle triste histoire pour toi, Bird, dit Himiko en le regardant avec compassion.

Bird se borna à reprendre la bouteille de whisky.

– J'avais envie de boire un coup, dit-il. J'ai pensé que tu accepterais de me tenir compagnie, bien que l'heure ne s'y prête guère. Tu veux bien ?

Il eut l'impression de se conduire comme un vulgaire gigolo – mais c'était de cette façon que les hommes qu'elle connaissait se comportaient d'ordinaire avec Himiko. Celui qu'elle avait épousé, plus encore que Bird et ses autres amis, avait adopté avec elle l'attitude d'un jeune frère – et puis un matin, sans avertissement, il s'était pendu.

– J'ai l'impression que tu ne t'es pas encore remis du choc, Bird, dit-elle… Très bien, n'en parlons plus.

– Cela vaut sans doute mieux. D'ailleurs, il n'y a presque rien à dire.

– Je vais prendre une douche. Commence sans moi. Il y a des verres et de l'eau fraîche dans la cuisine.

Himiko disparut dans la chambre à coucher et Bird se leva. La cuisine et la salle de bains étaient contiguës, au bout du couloir qui coupait en deux la petite maison. Bird faillit tomber sur un chat accroupi sur le parquet, évita de marcher sur le peignoir et les sous-vêtements que Himiko venait d'ôter et gagna la cuisine. En sortant, une cruche à la main et, dans les poches, les quatre verres qu'il avait lavés lui-même, il jeta un coup d'œil par la porte que Himiko avait laissée ouverte, et il la vit sous la douche, au fond de la salle de bains, où il faisait encore plus sombre que dans le couloir. Une main levée comme pour vérifier la température de l'eau, l'autre posée sur son estomac, elle regardait ses fesses par-dessus son épaule droite. La vue de ce dos, de cette croupe, de ces jambes remplit Bird d'un irrépressible dégoût. Tremblant, il se hâta de regagner le living-room et le fauteuil en rotin. Un jour, il n'aurait pu dire quand, il avait connu et dominé ce sentiment qui venait de se réveiller en lui, cette répugnance juvénile, mêlée d'angoisse, devant un corps nu. Il comprit que la pieuvre du dégoût l'entourerait de ses tentacules même lorsqu'il retrouverait sa femme. Cela durerait-il longtemps ? Cela s'aggraverait-il ?

Il déboucha la bouteille et se versa un verre de whisky. Sa main tremblait encore : le verre cliqueta contre le goulot avec un bruit de rat en colère. Bird fit la grimace et avala d'un trait le contenu du verre qui lui brûla le gosier. Il se mit à tousser, les yeux pleins de larmes – mais presque aussitôt la flèche d'un plaisir violent lui perça l'estomac et il cessa de trembler. Il eut un renvoi d'enfant gorgé de fraises sauvages, s'essuya les lèvres avec le dos de sa main et remplit à nouveau son verre, d'une main assurée cette fois. Pendant combien de milliers d'heures avait-il évité de boire ? Avec une rancune qui ne visait personne en particulier, il vida d'un coup son deuxième verre. Son gosier ne brûla pas, il ne toussa pas et ses yeux restèrent secs. Avec un soupir de plaisir il but un troisième whisky.

Lorsque Himiko revint, Bird commençait à être ivre. Au moment où elle entra dans la pièce le dégoût reparut mais l'alcool l'anesthésia. D'ailleurs la robe noire qu'avait mise Himiko estompait la menace de son corps en la faisant ressembler à un ours de dessin animé. Ce fut seulement après s'être coiffée qu'elle alluma. Bird fit de la place sur la table et lui servit un verre de whisky et un verre d'eau. Himiko s'assit dans un grand fauteuil de bois et tira sa jupe sur ses genoux. Bird lui en sut gré. Il dominait graduellement son dégoût mais cela ne signifiait pas qu'il en ait eu raison.

– Et voilà! dit-il en vidant son verre.

– Et voilà! répéta Himiko en buvant une petite gorgée de whisky.

Pour la première fois, ils se regardèrent dans les yeux. Rafraîchie, coiffée, Himiko n'était pas laide, alors que la femme qui avait ouvert la porte à Bird aurait pu être sa mère.

– En prenant ma douche, je pensais à un poème, dit-elle. Tu te rappelles? *« Plutôt tuer un nouveau-né dans son berceau que de porter en soi des désirs inassouvis… »*

– On ne peut pourtant pas tuer tous les nouveau-nés, dit Bird… De qui est-ce?

– William Blake. J'ai fait ma thèse sur lui, tu ne te souviens pas?

– Mais oui, bien sûr.

En tournant la tête, Bird regarda la gravure de Blake accrochée au mur. Il l'avait vue souvent mais n'y avait jamais prêté attention. Le caractère bizarre de la reproduction le frappa. Elle représentait une place publique, bordée de maisons de style proche-oriental. Au loin se dressaient deux pyramides stylisées. Une lumière crépusculaire éclairait la scène. Au milieu de la place, il y avait un cadavre de jeune homme et, près de lui, sa mère en larmes, entourée par un groupe de vieillards portant des lanternes et de femmes portant des enfants. Mais la scène était dominée par une présence géante, survolant la place les bras étendus. Était-ce un être humain? Le beau corps musclé était couvert d'écailles; les yeux exprimaient la douleur et l'amertume; la bouche était un trou d'ombre. Était-ce un démon? Un dieu? L'être semblait s'élever dans le ciel, vers la turbulence du ciel nocturne, tout en brûlant dans les flammes de ses propres écailles.

– Qu'est-ce qu'il fait? demanda Bird. Est-il couvert d'écailles ou porte-t-il une cotte de mailles, comme les chevaliers du Moyen Âge?

– Je crois que ce sont des écailles. Sur la planche originale, elles sont vertes. Il représente la Peste, s'acharnant à détruire les fils aînés de l'Égypte.

Bird ne connaissait pas très bien la Bible. C'était peut-être une illustration de la Fuite en Égypte. En tout cas, les yeux et la bouche du personnage exprimaient la peur, la douleur, la stupeur, la lassitude, la solitude. Il y avait peut-être même un rire tapi derrière tout cela.

– Je l'adore, dit Himiko.

– L'homme aux écailles?

– Bien sûr. Je m'amuse parfois à imaginer ce que j'éprouverais si j'étais moi-même l'esprit de la Peste.

– Ta bouche et tes yeux se mettraient sans doute à ressembler aux siens.

– C'est effrayant, non ? Chaque fois que j'ai peur, je me dis que ce serait encore pire si c'était moi qui faisais peur… Crois-tu avoir jamais fait peur à quelqu'un autant que tu as eu peur toi-même durant ta vie ?

– Je me demande… Il faudra que j'y pense.

– Non, ces choses-là, pas besoin d'y penser : on doit les savoir.

– À première vue, je crois n'avoir jamais effrayé personne.

– J'en suis sûre. Pas encore. Mais ne penses-tu pas que cela t'arrivera un jour ou l'autre ?

– J'imagine que tuer un bébé dans son berceau te terrifierait, toi et n'importe qui d'autre, dit Bird en remplissant les deux verres.

Il vida aussitôt le sien et le remplit derechef. Himiko ne le suivait pas.

– Pourquoi ne bois-tu pas ? demanda Bird.

– Parce que j'aurai à conduire ce soir. T'ai-je jamais emmené en voiture ?

– Je ne crois pas. Il faudra sortir ensemble, un de ces jours.

– Viens n'importe quel soir. Pendant la journée c'est dangereux, à cause de la circulation. Mes réflexes sont beaucoup plus rapides la nuit.

– C'est pour cela que tu t'enfermes toute la journée ? Tu as une vie de philosophe, un philosophe qui conduirait une MG rouge la nuit. Pas mal... Qu'est-ce que c'était que cette histoire de pluralité des univers ?

Il vit avec satisfaction le visage de Himiko s'animer : c'était une manière de compensation à l'impolitesse de sa visite inopinée et à ses intentions de soûlerie. Peu de gens, en dehors de lui, auraient prêté l'oreille aux divagations de Himiko...

– En cet instant, dit-elle, nous sommes assis, à bavarder, dans une pièce qui fait partie de ce que nous appelons le monde réel. Mais il se trouve que toi et moi existons en même temps, sous des formes entièrement différentes, dans une infinité d'autres univers... Nous pouvons tous les deux nous rappeler des moments du passé où nous avions cinquante chances sur cent de vivre et cinquante de mourir. Par exemple, quand j'étais enfant, j'ai failli mourir de la typhoïde, et je me souviens encore très bien du moment où j'ai atteint le point critique. Je pouvais m'enfoncer dans la mort ou remonter la pente et guérir. Naturellement, la Himiko qui te parle en cet instant a choisi la guérison – mais dans le même temps une autre Himiko a choisi la mort. Tu comprends? Chaque fois que tu te trouves à un carrefour de ce genre, tu as devant toi deux univers. L'un perd toute réalité à tes yeux parce que tu meurs; l'autre reste réel parce que tu y survis. C'est comme si tu ôtais tes vêtements : tu abandonnes l'univers où tu n'es plus qu'un cadavre et tu t'installes dans celui où tu es toujours vivant. En d'autres termes, divers univers naissent de nous comme les branches et les feuilles sortent de l'arbre… Cette espèce de division cellulaire de l'univers s'est produite également lorsque mon mari s'est suicidé. Il m'a laissée dans l'univers où il est mort, mais dans un autre univers, où il continue à vivre, une autre Himiko vit avec lui. Le monde qu'un homme laisse derrière lui quand il meurt très jeune et le monde où il échappe à la mort sont tous les deux réels : les mondes qui nous contiennent se multiplient constamment. C'est cela que j'appelle la pluralité des univers… Et veux-tu que je te dise encore quelque chose? Tu ne dois pas être aussi triste à cause de la mort de ton enfant, Bird, car dans un autre univers il est en train de grandir et de devenir fort, à cette minute même. Dans ce monde-là, tu es un jeune père ivre de bonheur et nous buvons ensemble pour fêter l'événement. Tu me comprends ?

Bird eut un sourire paisible. L'alcool avait atteint les points les plus éloignés de son corps, l'équilibre s'était établi entre l'obscurité rose qui s'était faite en lui et le monde extérieur – bien qu'il sût que ce sentiment ne durerait pas.

– Peut-être ne comprends-tu pas tout à fait, reprit Himiko, mais tu vois ce que je veux dire ? Il a dû y avoir des moments, dans ta vie, où tu t'es trouvé, toi aussi, entre la vie et la mort. Eh bien, à chacun de ces moments tu as survécu dans un univers et tu as laissé ton cadavre dans un autre. Tu ne te souviens pas de pareils moments ?

– Oui, en effet…

Ce qu'elle disait avait-il un sens ? se demanda Bird en luttant contre la somnolence. Y avait-il un tas de Bird morts dans une myriade d'autres univers, un écolier frêle et timide, un étudiant à l'esprit moins compliqué mais au corps beaucoup plus robuste que le sien ? Et dans ce cas, lequel de ces nombreux morts était le Bird le plus enviable ? Une chose était sûre : ce n'était pas lui, le Bird de cet univers-ci…

– Mais alors, y a-t-il une mort définitive, un moment où notre mort dans ce monde signifie aussi notre mort dans tous les autres ?

– Sûrement, sans quoi nous aurions à vivre éternellement dans au moins un univers. Nous mourons probablement pour de bon lorsque nous sommes très vieux. Jusqu'alors, nous vivons tous dans un univers ou dans un autre, en attendant de mourir de vieillesse.

Bird l'interrompit :

– Tu continues à te torturer à cause du suicide de ton mari, n'est-ce pas ? Tu as imaginé ces élucubrations philosophiques pour ôter à la mort son caractère définitif…

– Pense ce que tu voudras… Depuis qu'il m'a laissée dans cet univers-ci, je n'ai pas cessé de me demander pourquoi il est mort. Ce n'est pas très agréable, mais je n'y puis rien et je ne fuis pas mes responsabilités, du moins dans cet univers-ci.

– Je ne cherche pas à te critiquer, Himiko. Mais je n'aime pas te voir te duper toi-même.

Bird sourit, essayant de diluer ainsi le poison contenu dans ses propos, avant de poursuivre :

– Tu essaies de donner un caractère relatif à la mort de ton mari en imaginant qu'il vit toujours dans un autre univers – mais tu ne peux pas faire du relatif avec l'absolu de la mort, quelque truc psychologique que tu emploies.

– Tu as peut-être raison… Donne-moi encore un peu de whisky.

La voix de Himiko était sèche, indifférente. Bird remplit les verres, en souhaitant qu'elle oubliât ses critiques dans l'alcool et qu'elle recommençât, demain, à rêver de son univers pluraliste. Tel un voyageur temporel visitant un monde révolu depuis dix mille ans, Bird avait peur d'être responsable de tout accident susceptible de se produire dans le monde d'aujourd'hui. Ce sentiment n'avait cessé de grandir en lui depuis qu'il avait appris que son enfant était un monstre et, à présent, il avait envie de quitter pour un moment ce monde-ci, comme un homme laisse passer son tour, au poker, après avoir eu de mauvaises cartes.

Himiko et Bird se sourirent gentiment et continuèrent à boire. Les bruits de la rue semblaient à Bird venir de très loin. Il bâilla, remplit son verre et le vida d'un trait, une fois encore, pour s'éloigner davantage de ce monde…

– Bird…

Bird sursauta et ouvrit les yeux. Il sentit qu'il avait dépassé le deuxième stade de l'ivresse.

– Quoi?

– Ce manteau de daim que t'avait donné ton oncle… qu'est-il devenu?

Himiko parlait avec peine. Son visage rond était rouge.

– Bonne question, dit Bird… Je me rappelle que je le portais en première.

– Tu l'avais toujours en seconde, l'hiver où…

L'hiver ! Le mot tomba comme une pierre dans la mare endormie des souvenirs de Bird.

– C'est exact… Je l'ai mis sur le sol mouillé, dans la cour, la nuit où nous avons couché ensemble. Le lendemain matin, il était raide de boue et de sciure de bois. Je n'ai plus jamais pu le porter : en ce temps-là, les teinturiers n'acceptaient pas les manteaux de daim. J'ai dû le jeter…

En parlant, Bird se rappelait cette nuit d'hiver. Elle remontait loin ! C'était leur deuxième année au collège. Bird et Himiko avaient bu ensemble, comme ce soir, et ils étaient ivres. Bird avait reconduit Himiko chez elle. Dans la cour de la maison meublée, il l'avait prise dans ses bras. Il faisait froid. Leurs caresses avaient été sommaires, jusqu'à ce que la main de Bird, comme par inadvertance, eût touché le sexe de Himiko. Alors, il avait essayé de la pénétrer, et elle avait fait de son mieux pour l'aider, mais elle avait dû y renoncer et elle s'était mise à rire. Comprenant qu'il n'arriverait à rien s'ils restaient debout, Bird s'était senti humilié, ce qui l'avait exaspéré. Il avait étalé par terre son manteau de daim et avait étendu dessus Himiko, qui riait toujours. Himiko était grande : sa tête et ses mollets dépassaient du manteau. Au bout d'un moment, elle avait cessé de rire et Bird avait cru qu'elle atteignait l'orgasme – mais un peu plus tard, quand il l'avait questionnée, elle lui avait simplement répondu qu'elle avait froid, et les choses en étaient restées là.

– J'étais un vrai sauvage, en ce temps-là, dit Bird d'un ton pensif d'octogénaire.

– Moi aussi.

– Je me demande pourquoi nous n'avons jamais essayé de recommencer ailleurs.

– Ce qui s'est passé dans la cour était si insolite que, le lendemain matin, il m'a semblé que cela ne pourrait jamais se reproduire.

– Oui, c'était étrange... Un accident, presque un viol, dit Bird avec gêne.

– Presque? C'était un viol!

– Tu n'y as vraiment pris aucun plaisir?

– Qu'est-ce que tu imagines? Après tout, c'était la première fois pour moi.

Bird regarda Himiko avec stupeur. Il savait qu'elle n'était pas femme à mentir ou à plaisanter. Alors, le sens du ridicule l'emporta sur la gêne et il se mit à rire. Himiko rit aussi.

– La vie est pleine de surprises, dit-il, le visage empreint d'une rougeur qui n'était pas due seulement au whisky.

– Ne te frappe pas, dit Himiko. Le fait que j'étais vierge n'avait d'importance que pour moi, s'il en avait une. Cela ne te concernait en rien.

Bird vida de nouveau son verre. Il essaya de se rappeler l'incident de la cour avec plus de précision. En effet, il se souvenait du mal qu'il avait eu à pénétrer Himiko – mais sur le moment il avait cru qu'à cause du froid elle était crispée. Le lendemain matin, pourtant, il aurait dû comprendre, en voyant les traces de sang sur sa chemise...

Bizarrement, il sentit le désir monter en lui. Il se mordit les lèvres, luttant contre la souffrance, et serra son verre. Au centre de son corps, il y avait un nœud d'appréhension et de désir, qui ressemblait à la souffrance et à l'angoisse précédant une crise cardiaque. Ce que Bird éprouvait, ce n'était pas le désir vague – à peine un grain de beauté sur le visage morose de la vie quotidienne, le contraire de son rêve africain – qui lui venait une ou deux fois par semaine et dont il se délivrait en couchant avec sa femme ; ce n'était pas, non, ce désir banal qui finissait dans la boue d'une fatigue lugubre, avec un grognement lascif et presque indifférent

– mais c'était un désir que n'auraient pu apaiser mille répétitions de l'acte, un désir dangereux qui faisait que vous vous demandiez avec malaise, au moment de l'assouvissement, si la mort n'allait pas vous frapper. C'était un désir que Bird aurait pu satisfaire, une nuit d'hiver, dans une cour, s'il avait su qu'il était en train de violer une vierge…

Il lança à Himiko, de ses yeux rougis par l'alcool, un regard de belette. Son cerveau était congestionné. Dans la fumée de cigarette qui flottait autour d'elle, Himiko semblait naviguer sur une mer de brouillard. Elle regardait Bird avec un sourire amusé, mais ses yeux ne voyaient rien. Elle était perdue dans un rêve de whisky et son corps semblait plus doux, plus rond, en particulier son visage rouge et fiévreux. Si seulement je pouvais recommencer cette scène de viol, pensa tristement Bird… Mais il savait que ce n'était pas possible. S'ils couchaient à nouveau ensemble, Bird ne pourrait s'empêcher de penser à son sexe ridicule, tel qu'il l'avait vu ce matin en s'habillant, et au vagin de sa femme, distendu par les efforts de l'accouchement. Pour Bird et Himiko, l'acte sexuel serait lié au bébé mourant, à toutes les misères des hommes, à un malheur si écrasant que les gens qu'il épargnait feignaient de l'ignorer (ils appelaient cette attitude

« humanisme »). La sublimation du désir? Quelle plaisanterie! Si Bird voulait recréer la merveilleuse tension sexuelle qu'il avait gâchée cette nuit d'hiver, dans la cour, il lui faudrait probablement étrangler Himiko... La voix de son désir lui dit : *« Tue-la et baise son cadavre ! »* – mais Bird savait qu'il n'irait jamais jusque-là, dans l'état où il était. Il essaya de chasser ces pensées, mais l'oursin du désir et de l'angoisse ne se laissa pas faire. Si tu es incapable de la tuer et de violer son cadavre, trouve donc autre chose! Bird cherchait en vain, désarmé par son ignorance du danger et de la perversion. Alors, il vida son verre comme un joueur de basket-ball buvant un verre d'eau après avoir été chassé du terrain pour avoir commis trop de fautes : avec mauvaise humeur, mépris de lui-même et un évident dégoût. Le whisky avait perdu sa force et son parfum; il n'était même plus amer.

– Tu bois toujours le whisky par verres entiers, comme du thé? demanda Himiko. Moi, je ne suis même pas capable de boire du thé à cette vitesse...

– Quand je bois, c'est toujours ainsi, marmonna Bird.

– Même quand tu es avec ta femme?

– Pourquoi?

– Tu ne pourrais pas satisfaire une femme après avoir bu de cette façon. Je doute même que tu sois capable de faire quoi que ce soit…

– Tu as envie de coucher avec moi ?

– Non, tu as trop bu. Ça ne nous mènerait à rien.

Bird, à travers un trou de sa poche de pantalon, toucha son sexe – une souris endormie, douce, chaude, ridicule, recroquevillée, sans aucun rapport avec l'oursin brûlant dans sa poitrine. Himiko, qui avait vu son geste, lui dit doucement :

– Rien à faire, n'est-ce pas ?

– Je serais quand même capable de te faire jouir…

– Ce n'est pas si simple, tu sais… Tu sembles ne pas très bien te rappeler ce qui s'est passé, lorsque nous avons couché ensemble dans la cour, et c'est normal. Mais pour moi, c'était une initiation, froide, malpropre, ridicule et pathétique. Depuis lors, j'ai fait beaucoup de chemin, Bird, et ç'a toujours été une bataille…

– Je t'ai rendue frigide ?

– Si tu penses au plaisir ordinaire, non ; je l'ai découvert toute seule, très vite. J'y ai été aidée par quelques-uns des garçons de ma classe, avant même que la boue de la cour n'ait séché sous mes ongles. Mais, depuis lors, je n'ai pas cessé de chercher un plaisir toujours plus grand.

– C'est tout ce que tu as fait, après le collège ?

– Avant de quitter le collège, déjà. Je me rends compte que je n'ai jamais pensé à autre chose.

– Tu dois en avoir assez…

– Non, Bird. Un de ces jours, je te le prouverai… à moins que le souvenir de la cour te suffise ?

– Moi aussi, je te montrerai ce que j'ai appris depuis ce temps-là, dit Bird. Cessons de nous donner des coups de bec comme des poussins frustrés, et couchons-nous…

– Tu as trop bu, Bird.

– Tu crois que le pénis est le seul organe qui compte, dans l'amour ? Il me semble que c'est une vue assez sommaire, pour une femme qui cherche l'orgasme suprême…

– De quoi te servirais-tu, alors ? De tes doigts ? De ta bouche ? De ton appendice, peut-être ?… Désolée, ça ne m'intéresse pas. Cela ressemble trop à la masturbation.

– Au moins, tu es franche, dit Bird avec une grimace.

– Et puis tu n'en as pas vraiment envie, Bird. J'ai l'impression qu'aujourd'hui le sexe te dégoûte. Si nous nous mettions au lit, tout ce que tu pourrais faire, c'est t'effondrer entre mes jambes et vomir. Ton dégoût serait plus fort que toi. Tu vomirais sur moi, Bird! Cela m'est arrivé une fois et c'était horrible...

– L'expérience a ses droits, dit Bird d'un air accablé. Ce que tu dis est exact.

– Rien ne presse, affirma Himiko pour le consoler.

– Non, rien ne presse. Il y a une éternité que rien ne presse. Quand j'étais gosse, j'étais toujours pressé. Je me demande bien pourquoi...

– Peut-être parce qu'on a si peu de temps, quand on est enfant. Je veux dire : on grandit si vite...

– Oui, j'ai grandi vite. Et maintenant, je suis assez vieux pour être père. Mais voilà, je n'étais pas prêt à l'être, alors je n'ai pas été capable d'avoir un enfant normal. Tu crois que je le serai un jour? Je n'ai pas confiance.

– Personne n'a confiance, en ces matières, Bird. Lorsque tu auras un enfant tout à fait normal, tu sauras que tu es un père normal, et tu auras confiance... rétrospectivement.

Bird se sentit réconforté.

– Tu es vraiment devenue pleine de sagesse, dit-il. Je voudrais te demander...

Les vagues de sommeil le gagnaient et il savait qu'il ne pourrait plus leur résister longtemps. Il fut sur le point de boire encore, mais il y renonça et lâcha son verre, qui roula sur le parquet.

– Je voudrais te demander quelque chose, Himiko. Lorsqu'on meurt au berceau, dans quel monde va-t-on ?

– S'il y a un autre monde, il doit être très simple. Mais ne peux-tu croire à mon univers pluraliste ? Dans cet univers-là, ton bébé vivra jusqu'à quatre-vingt-dix ans !

– Oui… Bon. Je vais aller me coucher. Est-ce déjà le soir ? Voudrais-tu regarder dehors s'il fait nuit ?

– C'est le milieu de la journée, Bird. Si tu veux dormir, couche-toi sur mon lit. Je sortirai dès qu'il fera nuit.

– Tu abandonnerais un ami malheureux pour une voiture de sport ?

– Quand un ami malheureux est soûl, le mieux est de le laisser tranquille. Sans quoi nous pourrions le regretter tous les deux, ensuite.

– Très juste ! Tu es décidément la sagesse en personne. Ainsi, tu roules en voiture toutes les nuits ? Jusqu'à l'aube ?

– Parfois. J'ai des rondes à faire, comme le marchand de sable qui cherche les enfants qui ne peuvent pas dormir…

Bird réussit à grand-peine à se soulever du fauteuil en rotin. Il mit un bras sur les épaules de Himiko et se laissa conduire dans la chambre à coucher. Sa tête était un soleil de feu où dansait un drôle de petit nain. Cela fit rire Bird. Lorsqu'il s'écroula sur le lit, il réussit à dire d'un ton reconnaissant :

– Himiko, tu es une vraie grand-mère pour moi…

Et il s'endormit.

Au crépuscule, le bruit de la voiture qui démarrait troubla à peine son sommeil.

Deux fois, au cours de la soirée, il fut réveillé par des voix étouffées mais insistantes qui, de la cour, appelaient Himiko. La première était une voix d'adolescent, la seconde celle d'un homme mûr. Cette fois-là, Bird se leva et écarta le rideau de la fenêtre par où Himiko l'avait regardé lorsqu'il était arrivé. Sous le pâle clair de lune, il vit un petit homme portant un smoking blanc qui semblait trop étroit pour lui. Le visiteur nocturne prononçait le nom de Himiko avec une expression bizarre, où il y avait à la fois de la gêne et de la répugnance. Bird laissa retomber le rideau et alla chercher la bouteille de whisky dans le living-room. Il but d'un trait presque tout l'alcool qui restait, revint se mettre au lit et s'endormit immédiatement.

5

Le gémissement eut raison du sommeil. Bird se réveilla de mauvaise grâce. D'abord, il crut que c'était lui qui avait gémi. En effet, alors qu'il ouvrait les yeux, dix mille démons percèrent ses entrailles de petites flèches et un gémissement lui monta aux lèvres – mais il en entendit un autre. En levant la tête, il vit Himiko endormie sur le parquet nu, entre le lit et le récepteur TV. C'était elle qui gémissait comme un animal effrayé.

Dans la pénombre, Bird vit le jeune visage rond et blême se crisper, comme sous l'effet de la souffrance, puis se détendre. La couverture avait glissé jusqu'à la taille de Himiko. Sa poitrine avait quelque chose de juvénile, que Bird crut reconnaître, mais les flancs de Himiko et le renflement de son ventre, à demi caché par la couverture, n'éveillèrent en lui aucune nostalgie. Il y avait là l'annonce de l'embonpoint auquel l'âge commençait à vouer ce corps, et ce soupçon de graisse faisait partie de la nouvelle vie de Himiko ; cela n'avait rien à voir avec Bird. Le corps de Himiko se transformerait bientôt complètement et ses seins aussi perdraient ce qui leur restait de jeunesse et de fraîcheur.

Elle gémit encore et ses yeux s'ouvrirent brusquement, comme si elle avait été réveillée en sursaut. Bird feignit de dormir. Lorsqu'il rouvrit les yeux, Himiko s'était rendormie. À présent, elle était silencieuse et reposait, telle une momie, enroulée dans la couverture qui lui montait jusqu'à la gorge – elle devait avoir conclu une trêve avec les ogres de son rêve.

Bird se retourna sur le ventre. Son estomac lui parut emplir tout son corps. Des bribes de pensées essayèrent de se former en lui : quand Himiko était-elle rentrée ? Avait-on commencé l'autopsie du bébé ? Serait-il en état d'aller à l'école aujourd'hui ? Mais l'une après l'autre, ces questions étaient repoussées par son envahissant estomac. Bird sentit qu'il allait vomir et la peur lui donna une suée. Que pensera-t-elle de moi si je salis son lit ? Un jour que j'étais ivre, je l'ai déflorée, presque violée, dans une cour, en plein hiver, sans même m'en rendre compte... Et maintenant, des années plus tard, je passe la nuit dans sa chambre, complètement soûl, et je ne me réveille que pour vomir. Quel salaud je suis !... Il eut plusieurs renvois et s'assit dans le lit. Sa migraine le fit gémir. Il se leva non sans peine et se dirigea vers la salle de bains, constatant avec surprise qu'il n'avait sur lui que son caleçon.

En refermant la porte de verre dépoli, il éprouva un bref soulagement : peut-être réussirait-il à vider son estomac sans que Himiko s'en rendît compte. Il fallait faire le moins de bruit possible, vomir avec la délicatesse d'une sauterelle...

Il se mit à genoux, les coudes appuyés sur le siège des toilettes, baissa la tête et attendit, dans une attitude de prière, que la tension de son estomac atteigne à son terme.

La première nausée fut brutale. Bird poussa une espèce d'aboiement, son cou se raidit, son abdomen se souleva. Un liquide brûlant lui monta dans la gorge et ses yeux se remplirent de larmes. Il vomit à deux reprises. Se redressant avec effort, tel un plombier qui aurait achevé son travail, il s'essuya la bouche avec du papier hygiénique et se moucha bruyamment. Était-ce fini ? Hélas non, il le sentait. Néanmoins, il tira la chasse d'eau pour nettoyer la cuvette souillée, puis il se mit deux doigts dans la bouche pour se forcer à vomir encore. Lorsque ce fut fait, il essuya ses doigts, sa bouche, ses joues ruisselantes de larmes et s'assit sur les toilettes. Cette épreuve compenserait-elle au moins en partie les souffrances du bébé ? Mais cette pensée le fit rougir : s'il y avait une souffrance stérile, c'était bien celle de la gueule de bois…

Pourtant, son soulagement et le relatif apaisement de son mal de tête, si provisoires fussent-ils, lui procurèrent quelques minutes de répit, les premières depuis son réveil. Il songea qu'il avait plusieurs choses à faire : l'école l'attendait, et il y aurait des formalités à remplir à l'hôpital, car le bébé était probablement mort, à l'heure qu'il était. Il aurait à voir sa belle-mère et à s'entendre avec elle au sujet de sa femme. Que de corvées absurdes en perspective… En fait, cette demi-heure d'inaction avait presque la saveur d'une pause. Si la chose avait été possible, Bird aurait choisi de sauter dans la cuvette, de tirer la chasse d'eau et de se laisser emporter dans l'enfer des égouts…

Il avait presque oublié Himiko. Lorsqu'il sortit de la salle de bains, il vit qu'elle était réveillée et qu'elle avait compris ce qui s'était passé. Elle était toujours allongée sur le parquet. Bird ramassa sa chemise et son pantalon au pied du lit.

– Tu m'as entendu vomir ? demanda-t-il, un peu honteux.

– Oui. Ça n'avait pas l'air d'aller tout seul… C'est fini ?

– Pour l'instant… Mais je suis sûr que ça me reprendra dans la matinée ; c'est toujours ainsi. Il y a longtemps que je n'avais pas bu et que je n'avais pas eu la gueule de bois, mais celle-ci est la pire dont je me souvienne. Dans le temps, quand ça me prenait, je la chassais en recommençant à boire…

– Pourquoi ne pas essayer ?

– Je ne peux pas me permettre d'être soûl aujourd'hui.

– Un jus de citron te remettra. Il y a des citrons dans la cuisine.

Bird, obéissant, jeta un coup d'œil dans la cuisine. Dans l'évier, qu'éclairait un rayon de soleil qu'on eût dit sorti d'une toile de l'école flamande, il y avait une douzaine de citrons.

– Tu en achètes toujours autant ? demanda Bird en achevant de boutonner sa chemise et son pantalon… Au fait, quand es-tu rentrée ? À l'aube ?

Sans répondre, Himiko le regarda d'un air moqueur. Il ajouta :

– Deux de tes amis sont venus au milieu de la nuit. Un jeune homme, m'a-t-il semblé, et un homme d'un certain âge, avec une tête en forme d'œuf. Je l'ai regardé par la fenêtre mais je ne lui ai pas parlé.

– Je l'espère bien, dit Himiko avec indifférence.

Bird prit sa montre-bracelet dans la poche de sa veste et regarda l'heure. Neuf heures. Sa classe commençait à dix. Il aurait fallu un sacré courage à un répétiteur pour s'absenter sans avoir prévenu la direction, ou même pour arriver en retard. Bird n'était ni aussi téméraire ni aussi stupide. Il noua sa cravate à tâtons.

– J'ai couché deux ou trois fois avec chacun des deux, dit Himiko, et ils croient que ça leur donne le droit de venir ici au milieu de la nuit. Le plus jeune est un vicieux : ce qui l'intéresse, ce n'est pas que nous couchions ensemble; son rêve, c'est de me trouver au lit avec un autre et de participer... Il attend toujours qu'il y ait quelqu'un avec moi, ici, pour se manifester. Et malgré cela, il est terriblement jaloux!

– Tu lui as donné l'occasion de faire ce qu'il souhaite?

– Bien sûr que non!... Ce garçon a un faible pour les adultes dans ton genre. Si jamais vous vous rencontriez, il ferait n'importe quoi pour te plaire. Mais je parie que tu connais cela : au collège, n'y avait-il pas des gamins plus jeunes que toi qui t'adoraient? Et tu dois avoir, dans ta classe, des élèves particulièrement dévoués, non? J'ai toujours vu en toi une espèce de héros pour gosses attardés…

Bird secoua la tête et alla dans la cuisine. Il s'avisa qu'il n'avait pas remis ses chaussettes – mais, s'il se penchait pour les ramasser, il risquait de se remettre à vomir. Le plancher froid n'était d'ailleurs pas d'un contact désagréable et il éprouva un vague plaisir à toucher les citrons frais. Il en choisit un gros, le coupa en deux et en pressa le jus dans sa bouche. Cela lui fit du bien. Il revint dans la chambre et chercha des yeux ses chaussettes, en évitant de se pencher.

– Ce citron m'a retapé, dit-il à Himiko.

– En tout cas, si tu vomis encore, le goût sera moins déplaisant…

– Merci pour cette bonne parole.

– Que cherches-tu ?

– Mes chaussettes.

– Elles sont dans tes chaussures. Comme ça, tu n'auras à te baisser qu'une seule fois.

Bird la regarda. Sans doute prenait-elle toujours cette précaution quand un de ses amants passait la nuit chez elle, pour qu'il pût filer rapidement si un autre surgissait à l'improviste…

– Je ferais bien de partir, dit-il. J'ai deux classes à faire ce matin. Merci pour tout.

– Tu reviendras ?… Nous avons peut-être besoin l'un de l'autre, Bird.

Bird n'aurait pas été plus étonné s'il avait entendu crier un muet. Himiko le regardait d'un air grave.

– Tu as peut-être raison, dit-il.

Tel un explorateur pataugeant dans un marais, il se fraya un chemin à travers le désordre du living-room plongé dans l'obscurité. Dans le vestibule, en remettant hâtivement ses chaussettes et ses chaussures, il cria :

– Au revoir ! Dors bien.

Himiko ne répondit pas.

La lumière du soleil matinal parut à Bird aussi acide que du vinaigre. En passant près de la MG rouge, il remarqua que la clef était restée sur le tableau de bord. Un voleur aurait eu beau jeu de l'emmener. Bird pensa avec tristesse à Himiko. Comment l'étudiante active, éveillée et consciencieuse qu'elle avait été s'était-elle ainsi transformée en une femme à la dérive ? Elle s'était mariée pour voir son mari se suicider et à présent, après des nuits passées à rouler en voiture, elle avait des rêves qui la faisaient gémir de terreur... Près d'une des roues de la voiture, il y avait un bout de cigare, que le petit homme en smoking avait dû laisser tomber là la nuit dernière. Himiko devait avoir un grand nombre d'amis plus intimes que Bird...

Il se secoua et respira profondément pour essayer de chasser sa gueule de bois toujours menaçante, mais en vain – et il s'éloigna, la tête penchée.

Le pire, ce fut le train de banlieue qu'il dut prendre pour gagner l'école. Bird résista pourtant aux vibrations et à l'odeur des autres corps. De tous les voyageurs, il était le seul à transpirer, comme si la chaleur de l'été l'eût pris pour unique victime. Ses voisins le regardaient d'un air soupçonneux. Bird parcourut des yeux le wagon, cherchant un endroit où il pourrait se précipiter s'il se sentait à nouveau sur le point de vomir.

Lorsqu'il arriva enfin à la porte de l'école, il eut l'impression d'être un vieux soldat épuisé par une longue retraite, après la bataille. Mais le pire l'attendait encore car l'ennemi l'avait encerclé, prêt à l'attaquer.

Dans son casier, au vestiaire, il prit un manuel et une boîte de craies, mais n'eut pas le courage d'emporter le lourd dictionnaire. D'ailleurs, plusieurs de ses élèves connaissaient mieux l'anglais que lui : s'il tombait sur un mot qu'il ignorait ou sur une phrase compliquée, il ferait appel à leur savoir. Les élèves de Bird avaient la tête bourrée de connaissances ; son rôle à lui était seulement d'y mettre de l'ordre, bien qu'il se demandât souvent s'il en était capable.

Espérant éviter de rencontrer son directeur, un diplômé de l'université du Michigan sûr de lui et à qui rien n'échappait, Bird se garda de prendre l'ascenseur et passa par la porte de derrière. L'escalier lui donna le vertige. Il le monta si lentement que des élèves, en le dépassant, s'arrêtèrent pour le regarder avec curiosité. Parvenu en haut, il soupira de soulagement. Là-dessus quelqu'un l'appela par son nom et Bird se sentit derechef mal à l'aise. C'était un de ses amis, qui dirigeait les travaux d'un groupe d'étude des langues slaves que Bird avait formé avec quelques autres interprètes. Mais pour Bird, occupé à jouer au chat et à la souris avec sa gueule de bois, cette rencontre inattendue le prenait en traître. Il se ferma comme un coquillage menacé par un agresseur imprévu.

– Hé! Bird… (Tous ses amis continuaient à l'appeler ainsi.) Depuis hier soir, j'essaie en vain de te téléphoner. C'est pour cela que je suis venu… Sais-tu ce qui arrive à M. Delchev?

– Quoi? demanda Bird avec une vague appréhension.

M. Delchev, attaché à la légation d'un petit pays socialiste des Balkans, était le professeur du groupe d'étude dont s'occupait l'ami de Bird.

– Il paraît qu'il s'est mis en ménage avec une Japonaise depuis une semaine et ne veut pas rentrer à la légation. Celle-ci voudrait tenir la chose secrète et le retrouver, mais la fille vit dans le quartier le plus populeux de Shinjuku et il n'y a personne à la légation qui connaisse assez bien l'endroit pour remettre la main sur lui. C'est ici que nous sommes censés intervenir ; la légation a demandé au groupe d'étude de l'aider. Après tout, nous sommes en partie responsables…

– Responsables ?

– M. Delchev a fait connaissance de cette fille dans un bar où nous l'avions emmené après une réunion, tu sais bien : le Pullman Car… Tu ne te rappelles pas cette fille, une petite à l'air bizarre, avec un visage empâté ?

Oui, Bird se la rappelait.

– Mais elle ne parlait même pas anglais et M. Delchev parle à peine le japonais… Comment ont-ils pu s'entendre ?

– C'est justement là le mystère. Qu'ont-ils pu faire depuis huit jours ?

– Qu'arrivera-t-il si M. Delchev ne rentre pas à la légation ? On l'accusera de désertion, ou quelque chose comme ça ?

– Sûrement.

– Il cherche vraiment les ennuis, dit Bird d'un air sinistre.

– Le groupe devrait se réunir pour trouver une solution. Tu es libre, ce soir?

– Ce soir?... Je... non, ce n'est pas possible.

– Voyons, Bird, c'est toi qui étais le plus lié avec M. Delchev! Si nous décidions de lui envoyer un délégué du groupe, tu serais le plus qualifié...

– Un délégué? De toute manière, ce soir, je ne pourrais pas me libérer...

Bird se força à ajouter :

– Ma femme a accouché mais ça ne s'est pas bien passé. L'enfant, à l'heure qu'il est, est mort ou en train de mourir.

– Bon sang! s'exclama son ami avec une grimace.

Au-dessus de leurs têtes, la cloche se mit à sonner.

– C'est moche, dit l'ami de Bird, vraiment moche... Tant pis. On s'arrangera sans toi... Ne te laisse pas abattre, mon vieux. Comment va ta femme?

– Bien, merci.

– Quand nous aurons décidé quelque chose, je te le ferai savoir... Tu as une sale tête, tu sais. Prends bien soin de toi.

– Merci, répéta Bird.

Il regarda son ami dévaler l'escalier comme s'il s'enfuyait et se reprocha de n'avoir pas parlé de sa gueule de bois.

À son entrée dans la classe, les cent visages tournés vers lui lui firent peur. Il baissa la tête, monta sur l'estrade et ouvrit tout de suite le manuel à la page où, la semaine précédente, il avait interrompu son cours. Il commença à lire à haute voix et se rendit compte seulement alors qu'il s'agissait d'un texte de Hemingway. Le manuel était une anthologie d'extraits d'auteurs américains contemporains, choisis par le directeur parce qu'il les aimait et parce que chacun de ces textes était bourré de pièges grammaticaux.

Hemingway... Cela rendit un peu de courage à Bird. Il aimait surtout les *Vertes collines d'Afrique*, mais l'extrait du manuel était un passage du *Soleil se lève aussi*, où le narrateur nageait dans une mer calme.

Dans les profondeurs de son corps, Bird sentit poindre un nouveau malaise. Sa gorge était sèche et il eut l'impression que sa langue gonflait. La peur le fit transpirer, mais il continua à lire, en jetant des coups d'œil furtifs vers la porte. Si son malaise se précisait, aurait-il le temps de sortir? Pour penser à autre chose qu'à son estomac, il essaya de replacer le passage qu'il lisait dans son contexte... Après sa baignade, le héros rentrait à l'hôtel, où l'attendait un télégramme de sa maîtresse qui était partie avec un jeune torero. Bird s'efforça de se rappeler le texte du télégramme : *« Peux-tu venir hôtel Montana Madrid. Ai des ennuis. Brett... »* Oui, c'était bien cela. Bon présage : de tous les télégrammes qu'il avait jamais lus, c'était le plus séduisant. Il se dit superstitieusement que, s'il réussissait à lire l'extrait jusqu'au bout, jusqu'au fameux télégramme, le danger serait exorcisé.

Il se tut brusquement, incapable de poursuivre. Pendant cinq interminables secondes, il regarda les cent têtes de mouches tournées vers lui et il essaya de sourire, puis il tomba à genoux et, avec un grognement, se mit à vomir. Lorsque la nausée fut passée, il se releva, les yeux humides, s'essuya la bouche avec le dos de sa main et dit d'une voix rauque :

– En raison des circonstances, la classe est terminée pour aujourd'hui.

Les élèves parurent comprendre. Bird prit le manuel et la boîte de craies. Mais soudain, une des têtes de mouches se dressa et se mit à crier. Le visage de paysan efféminé du garçon était rouge. Que disait-il ? Bird mit un moment à comprendre qu'il lui reprochait agressivement son comportement, parlait sur un ton de harangue du prix élevé des cours, du peu de temps qu'il restait avant les examens d'entrée à l'université, du manque de conscience professionnelle de Bird et de la colère de ses camarades. Graduellement, la consternation de Bird se transforma en peur. Il voyait déjà l'indignation de son agresseur gagner ses condisciples, il s'imaginait entouré et assailli par cent recalés furieux, il se rendait compte qu'il n'avait jamais compris ses élèves et que son malaise le rendait incapable de tenir tête à cet ennemi à cent têtes.

De plus en plus agité, son accusateur était à présent au bord des larmes, mais Bird n'avait pas la force de l'interrompre ou de lui répondre. Depuis qu'il avait vomi, sa gorge était sèche comme de la paille et il sentait qu'il eût pu, tout au plus, émettre un petit cri d'oiseau. Que faire ? Ce qui lui arrivait était pire que toutes les épreuves qu'il avait jamais pu imaginer, fût-ce en rêvant à ses possibles aventures africaines. C'était lui, à présent, qui eût souhaité envoyer un télégramme d'appel au secours – mais à qui ?

À cet instant, un autre garçon se leva au milieu de la classe et lança d'une voix calme à son camarade :

– Laisse tomber, tu veux ? Cesse de gémir…

La tension qui avait commencé à monter dans la salle de classe retomba immédiatement, remplacée par une excitation amusée. Les élèves éclatèrent de rire. Bird en profita pour se diriger vers la porte. Comme il allait sortir, de nouveaux éclats de voix le firent se retourner. Le garçon qui s'en était pris à lui s'était mis à quatre pattes à l'endroit où Bird avait vomi et il criait :

– Ça sent le whisky ! Vous avez la gueule de bois, salaud ! Je vous ferai renvoyer par le principal !

Bird s'enfuit, poursuivi jusque dans l'escalier par les rires de ses élèves.

6

Au carrefour des couloirs qui conduisaient aux divers services de l'hôpital, Bird s'arrêta, indécis. Un jeune malade dans un fauteuil roulant s'arrêta avec un air désagréable pour le laisser passer. Bird remarqua qu'il n'avait pas de pieds et recula d'un pas. L'autre le regarda avec hostilité, comme s'il voyait en lui le représentant de tous les hommes capables de se déplacer sur leurs jambes, et poursuivit sa route à une vitesse surprenante.

Bird se dit que, dans l'hypothèse où le bébé serait toujours vivant, il devrait se rendre directement à la salle d'observation – mais, s'il était mort, c'était au bureau qu'il aurait à prendre les dispositions nécessaires en vue de l'autopsie et de la crémation du corps. Pile ou face ? Il prit la direction du bureau, optant pour la mort de l'enfant. Ce choix faisait de lui le véritable ennemi du bébé, son premier ennemi, le pire. S'il y avait une vie éternelle et un dieu pour juger les hommes, pensa-t-il, il serait déclaré coupable. Mais cette culpabilité, à l'instar de la tristesse qui l'avait envahi dans l'ambulance, lorsque les pansements du bébé l'avaient fait penser à Apollinaire, avait un goût presque agréable.

Il pressa le pas, comme s'il s'en allait retrouver une maîtresse, impatient de s'entendre dire que l'enfant était mort et de prendre les dispositions nécessaires (pour l'autopsie, ce serait facile car l'hôpital y était intéressé au premier chef; la crémation, elle, serait probablement une corvée…). Demain je pleurerai seul le bébé et je parlerai à ma femme. Je lui dirai que l'enfant est mort d'une blessure à la tête et que son souvenir est devenu un lien de chair entre nous, ou quelque chose comme ça. Nous essayerons de retrouver une vie de famille normale – et puis, à nouveau, ce seront les mêmes désirs irréalisés, et l'Afrique sera toujours aussi désespérément loin…

La tête penchée, Bird donna son nom à l'infirmière assise derrière le guichet de réception et expliqua pourquoi il était là.

– Ah oui, dit-elle avec un sourire cordial. Vous voulez voir le bébé qui a une hernie cérébrale… Il faudrait que vous alliez à la salle d'observation. Vous savez où c'est?

– Oui, dit Bird d'une voix rauque. Vous voulez dire qu'il est toujours vivant?

– Mais bien sûr! Il prend son lait très gentiment et il est très solide. Félicitations!

– Mais cette hernie cérébrale...

– Oui, c'est bien une hernie cérébrale. C'est votre premier enfant?

Bird fit « oui » de la tête et se dirigea rapidement vers la salle d'observation. Il avait donc perdu son pari. Quel en serait le prix?

Il croisa de nouveau le malade au fauteuil roulant mais, cette fois, se contenta de lui jeter un coup d'œil indifférent et ce fut l'autre qui dut manœuvrer pour lui céder le passage. Tant pis pour lui s'il n'avait pas de pieds : Bird était incapable de s'attendrir sur le sort d'autrui. Dans sa tête et son estomac, sa gueule de bois chantait toujours sa chanson venimeuse. Il avait le souffle court et devinait que son haleine était fétide.

À l'entrée du service, il se nomma de nouveau à une infirmière, à voix basse, comme s'il lui confiait un secret honteux. Il éprouvait de nouveau la gêne qui lui était venue, la veille, lorsqu'il avait appris que le bébé était anormal. L'infirmière le fit entrer. Tandis qu'elle refermait la porte derrière lui, Bird se vit dans un miroir ovale accroché au mur. Il avait le visage blême, ruisselant de sueur, les lèvres entrouvertes, les yeux éteints et cernés – un visage de pervers. Le dégoût lui fit détourner la tête, mais il ne put s'empêcher de penser que le souvenir de ce visage le hanterait.

– Pouvez-vous me dire lequel est le vôtre? demanda l'infirmière, comme si elle s'adressait au père du plus beau bébé de l'hôpital.

Pourtant elle ne souriait pas et n'avait même pas l'air de s'intéresser à lui. Ce devait être une formule consacrée... Il y avait plusieurs autres personnes dans la salle : deux jeunes infirmières occupées à rincer des biberons, une autre, plus âgée, dosant du lait en poudre, un médecin en train d'examiner des fiches devant un bureau, un autre médecin parlant avec un petit homme qui, comme Bird, devait être le père d'une des graines de calamité réunies là. Tous se tournèrent vers Bird. Celui-ci les ignora pour passer en revue les bébés qui se trouvaient derrière une large cloison vitrée, tel un puma cherchant sa proie.

Il y avait vingt petits lits et cinq incubateurs. Les nouveau-nés qui se trouvaient dans ceux-ci étaient à peine visibles mais les autres ne l'étaient que trop, sous une lumière éclatante qui faisait mal aux yeux fatigués de Bird. Ils donnaient l'impression d'être de petits animaux captifs. Certains avaient les poignets attachés aux barreaux de leur lit (pour les empêcher de se blesser eux-mêmes ?) ou les chevilles bandées (pour protéger les petites plaies provoquées par une transfusion sanguine ?), et ceux-là plus encore que les autres semblaient être de petits prisonniers dérisoires. Tous étaient silencieux. Bird se demanda si c'était la vitre qui étouffait leurs cris – mais non, toutes les petites bouches étaient fermées.

Bird avait déjà oublié le visage de son fils, mais il cherchait du regard la petite tête bandée qui devait le distinguer des autres. Il ne la vit pas. Soudain, sans motif apparent, tous les nouveau-nés se mirent à s'agiter et à crier. Bird sursauta et se tourna vers l'infirmière qui l'accompagnait pour lui demander ce qui se passait. Il constata alors que personne dans la salle ne paraissait se soucier des bébés : tous les regards étaient fixés sur lui, avec l'air de l'interroger silencieusement : « Alors, vous avez deviné ? Il est dans un incubateur. Devinez lequel ?... »

Obéissant à ces regards, Bird plia les genoux et jeta un coup d'œil dans l'incubateur le plus proche. Il y vit un bébé à peine plus gros qu'un poulet plumé, avec une peau bizarrement marbrée ou crevassée. Il était nu, un petit sac de vinyle enveloppait son minuscule pénis et il avait de la gaze sur le nombril. Tel un nain sur une illustration de conte de fées, il parut regarder Bird avec une expression d'antique circonspection, comme si lui aussi avait participé au jeu de devinettes. Bien que ce ne fût manifestement pas son fils, cet enfançon silencieux, au visage de vieillard prématuré, inspira à Bird une curieuse sympathie.

Bird se redressa et se tourna vers l'infirmière d'un air résolu, comme pour lui faire entendre que le jeu avait assez duré.

– Vous ne voyez pas? dit-elle. Il est dans l'incubateur du fond, près de la fenêtre. Je vais l'approcher.

Pendant une seconde, Bird faillit se fâcher – mais il comprit que ce jeu était une espèce de rite d'initiation. Les autres avaient repris leurs occupations dès que l'infirmière avait parlé. Bird, incapable de protester, essuya son front ruisselant, chancela et ferma les yeux.

Lorsqu'il les rouvrit, l'infirmière était passée de l'autre côté de la cloison vitrée et elle poussait un incubateur vers lui. Il essaya de se ressaisir, serra les poings et regarda le bébé. La tête de celui-ci n'était plus entourée de pansements. À la différence des autres nouveau-nés, il était rouge comme une crevette cuite et son visage était anormalement luisant. Il avait les yeux fermés et semblait éprouver un malaise intense dû, de toute évidence, à l'excroissance que Bird lui vit à l'arrière du crâne. La nausée qui envahit brutalement Bird n'avait plus rien à voir avec sa gueule de bois. Elle l'ébranla au plus profond de lui-même. Il fit un signe de la tête à l'infirmière qui l'observait derrière la vitre, comme pour lui dire qu'il en avait assez vu.

Le bébé grandirait-il avec cette excroissance ? Apparemment, il n'était plus sur le point de mourir, et cette pensée oppressait Bird. Plus question de se réfugier dans un chagrin facile. L'enfant commençait à vivre, férocement, en traînant le boulet de sa difformité. Mènerait-il une existence de végétal ?

L'infirmière alla remettre l'incubateur à sa place, près de la fenêtre. Les autres bébés continuaient à crier. Bird se tassa sur lui-même et baissa la tête. Il eût souhaité prendre place dans un des petits lits ou, mieux encore, dans un incubateur, pour s'y laisser aller lui aussi à une vie végétative d'amphibie.

– Il faudrait que vous remplissiez les papiers d'hospitalisation, dit l'infirmière en revenant près de lui. Nous vous demanderons de déposer une garantie de trente mille yens.

Bird acquiesça.

– Le bébé se nourrit et s'agite normalement.

Bird faillit demander pourquoi diable on le nourrissait, mais il se retint. L'habitude qui lui venait de se plaindre le dégoûtait.

– Si vous voulez attendre un moment, je vais aller chercher le pédiatre.

Bird resta seul, ignoré de tous. Des infirmières portant des couches et des plateaux de biberons le frôlaient en passant mais sans lui prêter attention, et c'était lui qui s'excusait. Il entendit le petit homme dire, agressif, au médecin :

– Comment pouvez-vous être sûr qu'il n'a pas de foie? Et comment cela est-il possible? On me l'a déjà expliqué dix fois mais je n'y comprends rien...

Bird se réfugia dans un coin où il ne risquait pas de gêner les infirmières. Il regarda ses mains moites, luisantes comme des gants de peau humides, et il pensa à celles du bébé, qui lui avaient semblé pareilles aux siennes, avec de longs doigts. Il les enfonça dans ses poches...

Le petit homme continuait obstinément à discuter avec le médecin. Il portait un pantalon brun et une chemise de sport au col ouvert et aux manches roulées, trop grande pour son corps sec de quinquagénaire. Ses bras et son cou étaient bruns comme du cuir, avec des veines saillantes C'était de toute évidence un travailleur manuel. L'attitude du médecin était celle d'un personnage officiel, sûr de lui, et le petit homme avait l'air de vouloir mettre au défi son autorité, mais de temps à autre il tournait vers les infirmières ou vers Bird un regard où il y avait une espèce de défaitisme, comme s'il doutait d'avoir le dernier mot.

– Nous ne savons pas comment cela a pu arriver, dit le médecin, mais le fait est que votre enfant n'a pas de foie. Vous avez vu ses selles : elles sont blanches, absolument blanches…

– J'ai déjà vu des poussins dont les fientes étaient blanches, répliqua le petit homme. Cela ne les empêchait pourtant pas d'avoir un foie !

– Je sais, je sais… Mais il ne s'agit pas d'un poussin ; c'est d'un bébé que nous parlons !

– Bon, les bébés qui n'ont pas de foie ont des selles blanches, c'est entendu… Mais cela signifie-t-il nécessairement que les bébés qui ont des selles blanches n'ont pas de foie ?

– Je vous ai déjà expliqué cela une dizaine de fois ! s'écria le médecin d'un ton excédé.

– Je voudrais que vous me l'expliquiez encore une fois, docteur. C'est grave, n'est-ce pas ?

Le médecin céda enfin à l'insistance du petit homme, le fit asseoir près de son bureau, prit une fiche et se lança dans une longue explication, que Bird ne put entendre. D'ailleurs, un autre médecin, à peu près de son âge, entrait d'un pas pressé dans la salle et demandait d'une voix aiguë :

– Le père du bébé qui a une hernie cérébrale est-il ici?

– Oui, dit Bird en faisant un pas vers lui. C'est moi.

Le médecin le regarda d'un œil sans expression. Il ressemblait à une tortue.

– C'est votre premier enfant? Ça a dû vous faire un coup...

– Oui...

– Jusqu'ici, rien d'important à vous dire. Dans quatre ou cinq jours, notre directeur adjoint l'examinera de nouveau : c'est un spécialiste de la chirurgie cérébrale. Bien entendu, avant qu'on puisse opérer il faudra que l'enfant ait pris des forces, sans quoi ce serait peine perdue.

– Vous voulez dire qu'on va l'opérer?

– S'il est assez fort pour le supporter, oui.

– Et ensuite? Est-il possible qu'il se développe normalement? À la clinique où il est né, on m'a dit que, même en cas d'opération, il ne pourrait mener qu'une existence végétative...

– Je n'irai pas aussi loin.

Le médecin se tut. Bird le regarda, attendant la suite. Et soudain il se sentit envahi par un désir inavouable, qui avait commencé à se faire jour en lui au bureau de réception, lorsqu'on lui avait dit que le bébé vivait encore, et qui à présent s'imposait à son esprit. Comment pourrions-nous passer le reste de notre vie, ma femme et moi, avec un enfant anormal accroché à nous ? Il faut que j'arrive à me débarrasser de ce monstre, sans quoi comment pourrais-je aller en Afrique ?... En même temps, il rougit et se remit à transpirer, honteux de son égoïsme – mais la honte était moins forte que son désir. Ah, si seulement je pouvais me libérer de ce boulet... Il ne pouvait pourtant pas exprimer ses pensées au médecin...

– Vous ne souhaitez pas que l'enfant soit opéré ? Cela pourrait pourtant le guérir, au moins partiellement...

Bird frémit, comme si le médecin avait touché une partie honteuse de son corps. Il répondit d'une voix presque indistincte :

– S'il n'y a guère de chances qu'il devienne normal, même après une opération...

Il sentit, en parlant, qu'il était méprisable. Le médecin, avec une lueur de dégoût dans les yeux, répliqua sèchement :

– Je pense que vous vous rendez compte qu'il ne saurait être question, pour moi, de mettre fin à ses jours ?

– Bien sûr, dit Bird, comme si cette pensée ne l'avait même pas effleuré.

Mais il comprit que le médecin voyait clair en lui, et il se sentit doublement humilié. Pourtant, d'un ton presque complice, l'autre ajouta :

– Nous allons continuer à le nourrir. S'il ne supporte pas le lait, nous lui donnerons de l'eau sucrée. Nous verrons comment il va dans quelques jours mais, s'il ne s'affaiblit pas, il faudra opérer.

– Je vous remercie, dit Bird avec un sourire ambigu.

– Je vous en prie… Revenez dans quatre ou cinq jours. Dans l'immédiat, il ne faut pas s'attendre à un changement sensible et rien ne sert de précipiter les choses.

Bird, évitant son regard, inclina légèrement la tête et se dirigea vers la porte.

– N'oubliez pas de remplir les papiers d'hospitalisation aussi vite que possible, lui dit l'infirmière au moment où il sortait.

Il s'éloigna rapidement, comme s'il fuyait le lieu d'un crime. La brusque chaleur du couloir le surprit et il se rendit compte que la salle d'où il sortait était climatisée. Il essuya furtivement les larmes de honte qui coulaient sur ses joues. En passant devant la porte ouverte d'une salle commune, il vit des malades, couchés ou assis dans leur lit, qui l'observaient avec des visages de bois.

Lorsqu'il atteignit la partie du couloir où se trouvaient les chambres individuelles, ses yeux étaient secs, mais la sensation de honte subsistait en lui, obsédante comme un cancer. Une des chambres de malades était ouverte et, à l'intérieur, Bird vit une jeune fille complètement nue, debout près du lit. De la main gauche, elle serrait un de ses seins. En voyant Bird, elle écarta les jambes et d'un doigt toucha son sexe avec un regard provocant. Bird poursuivit son chemin d'un pas de convalescent.

Comme il approchait de la sortie, le petit homme à la chemise de sport le rattrapa et se mit à marcher à côté de lui.

– Il ne faut surtout pas vous laisser faire, dit-il à Bird. Avec eux, il faut toujours se battre, particulièrement avec les médecins. Je leur ai dit ma façon de penser, moi, vous avez dû m'entendre…

Bird l'écoutait sans répondre.

– Mon fils n'a pas de foie, paraît-il… Mais si je ne leur tenais pas tête, ils le découperaient vivant ! Si vous voulez que les choses se passent régulièrement dans un grand hôpital, il faut savoir vous défendre. Ça ne sert à rien de filer doux, d'être aimable, de dire oui à toutes leurs messes, croyez-moi ! Il y a quelques jours, je leur ai dit carrément : si le bébé n'a pas de foie, vous n'avez qu'à lui en mettre un ! On ne me la fait pas, à moi… Je leur ai dit : on fait bien des anus artificiels, vous devriez donc être capables de fabriquer un foie artificiel, ça ne doit pas être beaucoup plus difficile !

Ils étaient arrivés à la porte de l'hôpital. Bird demanda poliment :

– Votre bébé va-t-il guérir ?

– Guérir ? Vous pensez : il n'a pas de foie ! Non, mais je suis prêt à me battre contre les deux mille employés de ce sacré hôpital !

Le petit homme offrit à Bird de l'emmener dans sa camionnette, mais Bird préféra gagner à pied l'arrêt de l'autobus. Il pensait aux trente mille yens qu'il devrait verser à l'hôpital. Il savait déjà où il lui faudrait les prendre, et cette idée fit que son sentiment de honte céda la place à une rage désespérée. Il avait un peu plus de trente mille yens à la banque. Cet argent, il l'avait mis de côté en pensant à son voyage en Afrique. Ce n'était pas suffisant, il le savait, mais cette somme concrétisait son espoir – et voilà qu'il allait devoir y renoncer. Il ne lui resterait que deux cartes routières pour rêver à l'Afrique… En prenant place au bout de la file d'attente, à l'arrêt de l'autobus, il maugréa tout bas : « L'Afrique… Quelle rigolade ! » Le vieillard qui était devant lui se retourna d'un air surpris.

La chaleur était étouffante. Bird se mit à transpirer de plus belle. Il lui sembla que de son corps émanait une odeur désagréable. Le bus n'arrivait pas. Et soudain, comme née de la honte et de la colère qui l'habitaient, une poussée de désir sexuel s'éveilla en Bird. Il ferma les yeux et enfonça une main dans la poche de son pantalon pour serrer son sexe en érection. Il avait brusquement envie de faire l'amour, sauvagement.

Quittant la file d'attente, il chercha des yeux un taxi dans la lumière aveuglante. Il allait retourner chez Himiko où, du moins, la lumière du jour ne pénétrait pas. Si elle ne veut pas de moi, pensa-t-il avec fureur, je l'assomme et je la baise de force...

7

– Décidément, soupira Himiko, chaque fois que tu essaies de coucher avec moi tu es dans un drôle d'état... Je ne t'ai jamais vu aussi peu séduisant qu'en ce moment!

Bird se taisait obstinément.

– Mais peu importe, si tu en as envie. Depuis le suicide de mon mari, j'ai cessé d'être pointilleuse en matière de moralité... Quoi que tu aies l'intention de faire avec moi, je suis sûre de trouver quelque chose de pur dans ce que nous ferons.

Pur : authentique, vrai, réel, naturel, sincère... Le répétiteur d'anglais énuméra tout bas les synonymes, en se disant que, dans l'état où il était, aucun de ces adjectifs ne pouvait s'appliquer à lui...

– Mets-toi au lit, dit Himiko. Je vais me laver.

Bird ôta lentement ses vêtements imprégnés de sueur et se coucha sur la couverture usée. Les mains sous la tête, il regarda son ventre qui tendait à s'épaissir et son sexe blanchâtre, à demi érigé. Dans la salle de bains, dont elle avait laissé la porte ouverte, Himiko se livrait à des ablutions intimes, avec des gestes que Bird imputa à une longue expérience. Elle lui cria :

– Bird... C'est la période dangereuse, pour moi. T'as ce qu'il faut? Je n'ai pas envie d'être enceinte.

Enceinte... Le mot réveilla en lui des souvenirs brûlants.

– Il faudra que tu sois prudent, dit-elle en revenant dans la chambre.

Elle continuait de s'essuyer avec une serviette de bain. D'une main, Bird saisit son propre sexe avec gêne.

– Je ne sais pas ce que j'ai, dit-il. J'ai l'impression que je ne serai pas capable de...

Himiko le regarda avec un petit rire amusé et il devint écarlate.

– C'est une idée que tu te fais, dit-elle en laissant tomber la serviette.

Elle se coucha sur lui et il sentit les pointes de ses seins. Avec un geste enfantin d'autodéfense, il la repoussa. Le contact de la chair douce le fit frémir.

– C'est à cause de ce que tu m'as crié, dit-il. Ça m'a fait un coup. «Enceinte» est le seul mot que je ne puisse supporter d'entendre, en ce moment...

Himiko le regarda comme si elle commençait à comprendre la situation.

– Qu'est-ce qui ne va pas, Bird?

– J'ai pensé «enceinte» et... ça m'a coupé tous mes moyens.

Himiko s'assit à côté de lui. Bird se recula pour lui faire de la place. Elle toucha gentiment la main de Bird qui cachait son sexe mou.

– Ça va s'arranger, dit-elle doucement. Laisse-moi faire. J'ai appris beaucoup de choses depuis cette nuit dans la cour...

Bird ne savait comment expliquer ce qu'il éprouvait, mais il le fallait, il devait franchir le mur derrière lequel il se sentait captif.

– Ce n'est pas une question de technique, dit-il en détournant les yeux des seins de Himiko. Là vérité, c'est que j'ai peur.

– Peur?

Elle avait l'air de croire qu'il plaisantait.

– Oui... J'ai peur de ces recoins obscurs où ce bébé monstrueux s'est formé. Quand je l'ai vu, avec sa tête couverte de pansements, j'ai pensé à Apollinaire. Ça peut paraître ridicule, mais je me suis dit qu'il avait été blessé à la tête, comme Apollinaire, sur un champ de bataille. Cette bataille, il l'a menée tout seul, dans un lieu obscur que je n'ai jamais vu… Et j'ai peur d'envoyer mon sexe sur ce champ de bataille…

– Mais cela ne concerne-t-il pas uniquement ta femme et toi ? Je veux dire : cette peur, ne devrais-tu pas la connaître seulement lorsque tu la retrouveras, quand elle sera rétablie ?

– Si nous devons jamais recommencer, elle et moi, non seulement j'aurai peur mais j'aurai l'impression de violer le bébé.

– Pauvre Bird : si je continue à t'écouter, tu te découvriras une centaine de complexes pour justifier ton impuissance !

Elle se coucha sur le ventre, entre le mur et lui. Bird se recroquevilla encore davantage en entendant la respiration de Himiko près de son oreille. Si le désir l'avait déjà gagnée, il serait obligé de faire quelque chose pour elle – mais il savait qu'il serait incapable d'introduire son sexe dérisoire dans les replis humides de son corps. Il songea à la satisfaire avec ses doigts, avec ses lèvres ou sa langue ; mais ne lui avait-elle pas dit, la veille, que cela la dégoûtait autant que la masturbation ? S'il le lui proposait de nouveau et si, de nouveau, elle s'y refusait avec les mêmes mots, ils n'auraient l'un pour l'autre qu'un mépris cruel. Il y aurait eu un moyen, si seulement Himiko avait été un peu sadique… Il était prêt à tout pourvu qu'il lui fût épargné de la pénétrer. Il eût été disposé à se laisser battre, à boire l'urine de Himiko... Pour la première fois de sa vie, Bird découvrait en lui un masochiste et, après toutes les hontes qu'il avait éprouvées, il lui semblait même qu'il y avait quelque chose d'attirant dans cette disgrâce supplémentaire. C'est sans doute ainsi, pensa-t-il, qu'on devient *vraiment* masochiste. Dans quelques années, quand il serait un masochiste de quarante ans, il se rappellerait peut-être ce jour comme celui de sa conversion, de son initiation au culte...

– Bird...

– Oui ? dit-il d'un ton résigné.

La bataille avait enfin commencé...

– Il faut que tu aies raison de ces tabous que tu t'es créés, sans quoi ta vie sexuelle sera complètement détraquée...

– Je sais. Je pensais justement au masochisme.

Il espérait vaguement que Himiko saisirait la perche qu'il lui tendait et lui répondrait qu'elle-même avait souvent pensé au sadisme. Mais, après un court silence étonné, elle lui dit :

– Si tu veux dominer ta peur, il faut que tu définisses exactement son objet... Est-ce seulement le vagin et la matrice ? Ou bien as-tu peur de tout ce qui est féminin ? De moi tout entière, en tant que femme, par exemple ?

Bird réfléchit un instant.

– Je crois que c'est du vagin et de la matrice. Étant donné que tu n'as rien à voir avec ma mésaventure, j'imagine que, si je suis incapable de te prendre, c'est seulement parce que tu as un vagin et une matrice…

– Dans ce cas, pourquoi ne pas essayer de les oublier ? Qu'est-ce qui t'effraie au juste ?

– J'ai l'impression qu'il y a là ce que tu appellerais un autre univers, un univers obscur, infini, inhumain… Et j'ai peur, si j'y entrais, d'être moi-même prisonnier d'une autre dimension, d'où je ne pourrais pas revenir. Tu sais ce qu'on dit de la peur de l'espace qu'éprouvent les cosmonautes…

Bird avait senti que l'implacable logique conduisait à quelque chose qui aggraverait encore sa honte, et il se cachait derrière un écran de mots pour l'éviter. Mais Himiko s'obstinait :

– Crois-tu que tu aurais moins peur du corps féminin s'il n'avait ni vagin ni matrice ?

Bird hésita, puis il dit en rougissant :

– Ce n'est pas aussi important, mais il y a aussi les seins…

– Tu veux dire que tu n'aurais pas peur si tu me prenais par-derrière ?

– Mais…

– Bird, j'ai toujours pensé que tu étais le genre d'homme que les garçons ont envie d'idolâtrer. Tu n'as jamais couché avec un garçon ?

Il comprit où elle voulait en venir et soudain, plus fort que sa surprise et que son dégoût de lui-même, il éprouva une violente poussée de désir. Il eut pourtant une ultime protestation :

– Tu ne te sentirais pas humiliée, après ? demanda-t-il d'une voix rauque.

– Je ne me suis pas sentie humiliée, la nuit que tu sais, dans cette cour, alors que j'étais couverte de sang, de boue et de sciure de bois…

– Mais quel plaisir pourrais-tu y prendre ?

– Pour l'instant, je pense seulement à toi, Bird, dit Himiko.

Et elle ajouta avec une infinie gentillesse, comme pour lui ôter toute gêne :

– Et je t'ai déjà dit que, quoi que nous fassions, je suis sûre d'y trouver quelque chose de pur.

Immobile, silencieux, il la regarda se lever, prendre l'un des innombrables petits pots qui se trouvaient sur la coiffeuse et retourner dans la salle de bains. La gorge serrée, il s'assit sur le lit, ramassa la bouteille de whisky et en but avidement les dernières gouttes. Il se rappela ses pensées, à l'arrêt de l'autobus, en sortant de l'hôpital. Alors, il avait brusquement eu envie d'un acte sexuel brutal, ignominieux – et voilà que la chose devenait possible.

Il ne restait plus de whisky. Bird se laissa aller en arrière. À présent son sexe était dur et brûlant. En revenant dans la chambre, Himiko évita le regard de Bird. Son visage était dur et crispé. Était-elle en proie à un désir anormal, elle aussi ? Bird ne put s'empêcher de sourire. J'ai franchi d'abord le mur le plus haut, pensa-t-il. Maintenant, je devrais être capable d'écarter les broussailles de la honte... Se méprenant sur ses sentiments, Himiko lui dit :

– Ne t'en fais pas, Bird. Ce n'est pas si grave...

... Il commença par ne penser qu'à elle. Mais au bout de quelques minutes, comme ses tentatives dérisoires n'aboutissaient à rien, il sentit monter en lui une espèce de ressentiment et il cessa de se soucier de Himiko. Lorsqu'il eut réussi à la pénétrer, il l'oublia tout à fait. Des pensées fugitives traversaient son esprit comme des fragments de shrapnel – prélude au plaisir. Horreur des seins mous, désir d'un plaisir égoïste, solitaire, il ne faut surtout pas que des yeux de femme voient mon visage... Se soucier du plaisir de l'autre, penser à ne pas la rendre enceinte, aux responsabilités que cela impliquait ensuite, c'était se mettre autant de chaînes autour du cou… Un cri de guerre silencieux s'éleva dans sa tête. Je possède une femme de la façon la plus ignominieuse ! Je suis capable de ce qu'il y a de plus vil, de plus cruel… Il se sentit secoué par un orgasme d'une telle intensité que la tête lui tourna. Chacun de ses mouvements convulsifs arrachait un petit cri à Himiko. À demi inconscient, il l'entendit à peine. Brusquement, comme si sa haine fût devenue insoutenable, il mordit le cou de Himiko. Elle cria plus fort. Ouvrant les yeux, il vit une goutte de sang couler de sa nuque vers sa joue.

Ce fut seulement après l'orgasme qu'il se rendit compte de ce qu'il avait fait, et cela le paralysa. Après cet accouplement inhumain, oseraient-ils encore se regarder ? Couché sur le ventre, immobile et haletant, il eut envie de mourir – mais Himiko lui dit d'une voix douce :

– Viens dans la salle de bains, je vais te laver…

Il se sentit libéré d'un poids énorme.

Himiko s'occupa de lui avec un soin immense, comme s'il eût été un invalide. Elle avait fait beaucoup de chemin depuis cette nuit d'hiver, dans la cour… Pour la remercier de ses attentions, Bird à son tour nettoya la morsure qu'il lui avait faite au cou, avec maladresse.

Himiko changea les draps et ils se recouchèrent. Leur respiration était calme, à présent. Le silence de Himiko inquiéta Bird, mais il fut rassuré par l'expression paisible de son visage. Lui-même éprouvait une profonde paix. Il n'avait plus envie de se poser de questions. Ce qu'il ressentait ressemblait à de la gratitude. Bien sûr, sa honte ne l'avait pas quitté, et le symbole de cette honte reposait toujours dans une lointaine salle d'hôpital, mais en lui un obstacle était tombé et il éprouvait une espèce de sérénité.

– Si nous essayions encore… normalement? dit-il. Je crois que je n'ai plus peur.

– Pourquoi ne pas prendre un somnifère et dormir quelques heures? Si tu n'as vraiment plus peur quand tu te réveilleras…

Bird acquiesça. Il sentait qu'il n'aurait même pas besoin, pour dormir, de prendre un somnifère.

– Tu es gentille, dit-il doucement.

– Bien sûr. Je parie que personne n'a été gentil avec toi depuis que tout cela a commencé. Dans des moments pareils, Bird, il faut toujours avoir quelqu'un pour vous réconforter, sans quoi on se trouve complètement désarmé lorsqu'il s'agit de rassembler son courage…

– Son courage ? Quand aurai-je besoin d'avoir du courage ?

– Tu verras, Bird. Il t'en faudra beaucoup et souvent, désormais…

Bird la regarda comme il eût regardé un vieux guerrier endurci par les campagnes de la vie quotidienne. Himiko n'avait pas seulement beaucoup plus d'expérience que lui sur le plan sexuel, sa compétence s'étendait à tous les aspects de la vie quotidienne. Bird reconnut tout bas qu'il subissait son influence ; c'était grâce à son aide, déjà, qu'il avait surmonté une de ses peurs. Jamais, lui semblait-il, il n'avait parlé aussi simplement, aussi franchement avec une femme des choses du sexe. Après avoir eu des rapports sexuels, même avec sa propre femme, il n'avait jamais éprouvé que du dégoût et de la pitié pour lui-même. Il le dit à Himiko – sans mentionner sa femme.

– Du dégoût ? dit-elle. De la pitié ? C'est que tu n'as pas encore atteint la maturité sexuelle, Bird, et les femmes avec qui tu as couché non plus. Je parie que tu n'as jamais été complètement heureux sur ce plan-là, n'est-ce pas ?

Bird l'envia. Il se sentit même un peu jaloux. Il était sûr que les deux hommes qui avaient appelé Himiko la nuit précédente, le jeune et le vieux, avaient été comblés, eux, par leurs rapports avec elle. Comme il ne disait rien, elle ajouta :

– Il n'y a rien d'aussi absurde et d'aussi bête que de coucher avec quelqu'un et, ensuite, de le regretter, Bird. Mieux vaut encore le dégoût.

– Tu as raison. Mais en général, ceux à qui cela arrive n'ont pas la chance d'avoir eu pour partenaire une spécialiste comme toi, et cela a sapé leur confiance…

Il avait un peu l'impression d'être couché sur le divan d'un psychanalyste. Lorsqu'il eut fini de s'épancher, il sentit le sommeil le gagner. Comment, se demanda-t-il, un homme jeune, marié à cette femme en or, avait-il pu se suicider ? Était-ce en manière de pénitence et de repentir que Himiko acceptait de coucher avec lui et avec les deux hommes de l'autre nuit ? Son mari s'était pendu dans cette pièce même, et c'était Bird, appelé par Himiko, qui l'avait dépendu et étendu sur le parquet, comme un boucher décrocherait une pièce de viande dans une chambre froide. Presque endormi, il revit la scène – et la main de Himiko épongeant doucement son front moite lui rappelait la manière dont elle avait touché le cadavre. Je *suis* un cadavre, pensa-t-il. L'été qui vient sera facile à supporter : un cadavre est froid comme un arbre en hiver… Il essaya de lutter contre le sommeil qui le gagnait. Je ne me tuerai pas, moi!…

Il s'endormit.

Son sommeil fut agité. C'était une espèce d'entonnoir où il serait entré par l'orifice le plus large et d'où il lui eût fallu sortir par l'autre bout. Son corps bouffi et mou traversait lentement un espace obscur, infini. Il avait été cité à comparaître par le tribunal des ténèbres et il cherchait un moyen de dissimuler à ses juges sa responsabilité dans la mort du bébé. Tout en sachant qu'il serait incapable de duper les jurés, il songeait déjà à faire appel au jugement. Ce sont les gens de l'hôpital qui l'ont fait! Ce n'est pas moi qu'il faut punir…

Il se réveilla. Tous ses muscles lui faisaient mal, comme s'il avait dormi dans la tanière d'un animal plus petit que lui ou que son corps eût été entièrement plâtré. Où puis-je bien être? Dans un moment aussi grave, alors que je me bats pied à pied avec un bébé monstrueux… Où suis-je donc?

Il était lui-même nu et sans défense, tel un bébé – et, pis encore, un autre corps nu était endormi à côté de lui. Sa femme? Avait-il dormi avec sa femme sans lui avoir dit ce qui s'était passé ? Craintivement, il toucha d'une main la tête de la femme endormie et, de l'autre, son épaule nue. Le corps était plus épanoui, plus doux que celui de sa femme. La femme nue se retourna lentement et Bird se réveilla tout à fait, reconnut Himiko, retrouva son désir pour elle, un désir que ne contrariait plus sa féminité. Oubliant ses muscles douloureux, il enlaça Himiko. Elle se réveilla à son tour, tourna la tête vers lui, lui sourit d'un sourire presque enfantin et l'embrassa de ses lèvres chaudes et sèches. Sans changer de position, leurs corps s'unirent et ils commencèrent à faire l'amour. Himiko, dans un gémissement, prononça son nom :

– Bird…

Il se retint stoïquement, pour qu'elle pût atteindre au plaisir, espérant lui faire oublier sa lamentable performance de jadis, la fameuse nuit, dans la cour.

Pendant un long moment après qu'elle eut atteint l'orgasme, Himiko continua à trembler, puis son corps se détendit lentement, doucement et, avec un soupir de petit animal rassasié, elle se rendormit. Bird resta immobile, en essayant de ne pas l'écraser du poids de son corps. Il sentait l'odeur saine de Himiko et il continuait à être terriblement excité, mais il ne voulait pas la réveiller. Sa féminité ne lui semblait plus menaçante. Il n'avait plus peur. Il l'acceptait sans réserve, telle qu'elle était.

Lorsqu'il voulut se retirer d'elle, le sexe de Himiko, bien qu'elle fût inconsciente, eut une légère crispation, comme pour le retenir en elle. Bird sourit, s'écarta d'elle et se rendormit à son tour.

Un peu plus tard, en regagnant les rives de la réalité, il retrouva pourtant son rêve claustrophobique et se mit à gémir. Lorsqu'il ouvrit les yeux, Himiko était penchée sur lui, regardant anxieusement les larmes qui coulaient sur ses joues.

8

En montant l'escalier de l'hôpital qui conduisait à la chambre de sa femme, ses chaussures dans une main et, sous le bras, un sac de pamplemousses, Bird rencontra le médecin borgne. Celui-ci s'arrêta pour lui demander :

– Quelles sont les nouvelles ?

– Il est toujours vivant, dit Bird.

– On l'a opéré ?

Bird se sentit rougir.

– Non, dit-il. Ils ont peur qu'il ne s'affaiblisse et ne meure avant de pouvoir supporter une opération.

– Cela vaudrait probablement mieux pour tout le monde…

Sans regarder Bird, comme s'il avait eu honte de sa réflexion, le médecin ajouta rapidement :

– On n'a pas parlé de sa malformation à votre femme. Elle croit qu'il s'agit seulement d'une insuffisance organique. Ce n'est même pas tout à fait un mensonge, mais une fois qu'on a commencé à mentir, on n'en sort plus, si vous voyez ce que je veux dire... Quoi qu'il en soit, n'hésitez pas à m'appeler si je peux faire quelque chose.

Ils se saluèrent cérémonieusement et se quittèrent en évitant de se regarder.

« Cela vaudrait probablement mieux pour tout le monde », avait dit le médecin. Si le bébé s'affaiblissait avant qu'on pût l'opérer, cela signifierait plus de soucis et pas besoin de se salir les mains avec un meurtre. Tout ce que vous avez à faire, c'est d'attendre qu'il meure *naturellement*, dans un hôpital réputé. Quant à vous, essayez de ne plus y penser... Bird se sentit de nouveau envahi par la honte. Il marchait à petits pas prudents, comme les femmes enceintes ou convalescentes qu'il croisait dans le couloir. Il avait l'impression d'être lui-même une femme enceinte, portant dans la matrice de son cerveau un corps qui s'agitait – sa honte. Il lui sembla que les femmes le regardaient avec une espèce de mépris, comme si elles savaient tout ce qu'il avait fait depuis la veille. Ah, si c'est au bébé que vous pensez, sachez qu'il est en lieu sûr, dans un abattoir pour nouveau-nés, qu'il s'affaiblit d'heure en heure et que cela vaut probablement mieux pour tout le monde…

Devant la porte de la chambre de sa femme, Bird renifla furtivement ses mains. Il ne fallait pas que sa femme sentît sur lui l'odeur de Himiko – les choses étaient déjà assez compliquées comme ça… Il eut brusquement envie de s'enfuir, mais le couloir était plein de femmes en robe de chambre qui le regardaient. Reprenant son rôle de jeune époux frappé par le malheur, il frappa timidement à la porte.

Lorsqu'il entra, il vit sa belle-mère debout près de la fenêtre et sa femme, dans son lit, qui le dévisageait. Toutes deux paraissaient surprises de le voir. Dans les moments de surprise et de tristesse, elles se ressemblaient étrangement.

– Je ne voulais pas vous faire peur… J'ai frappé…

– Oh, Bird! soupira sa femme, dont les yeux se remplirent de larmes.

Avec son visage sans maquillage et sa peau foncée, elle ressemblait de nouveau à la jeune joueuse de tennis qu'elle était quelques années plus tôt, lorsque Bird l'avait connue. Sous son regard, il se sentit affreusement vulnérable et, après avoir posé les pamplemousses sur la table de chevet, il s'accroupit, comme pour se cacher, et mit ses chaussures au pied du lit. Si seulement il avait pu rester ainsi, parler sans être vu… Mais il n'en était pas question. Il se redressa et se força à sourire.

– Alors ? dit-il d'une voix faussement désinvolte. Tu ne souffres plus, maintenant ?

– Encore un peu. Des contractions spasmodiques. Et je me sens tellement faible…

– Je suis désolé.

– Bird, qu'est-ce qui ne va pas, pour le bébé ?

– Ce qui ne va pas ? Le docteur à l'œil de verre ne t'a pas expliqué ?

Il jeta un regard furtif à sa belle-mère, comme un boxeur en mauvaise posture appelant à l'aide son entraîneur. Sa belle-mère lui fit des gestes qu'il ne comprit pas très bien mais qui semblaient lui enjoindre de se taire.

– Personne ne veut rien me dire, murmura sa femme d'une pauvre petite voix.

– Il a un organe qui ne fonctionne pas très bien. Le médecin ne m'a pas donné de détails. On l'a probablement mis en observation… Et puis ces hôpitaux sont tellement bureaucratiques !

En parlant, Bird se rendit compte à quel point sa voix sonnait faux.

– Tout ce que je sais, dit sa femme, c'est que ce doit être son cœur. Pourquoi faut-il que mon bébé ait un cœur anormal?

Son ton désemparé donna envie à Bird de se cacher, mais il s'obligea à parler d'une voix d'adolescent agacé :

– Puisque des spécialistes s'occupent de lui, pourquoi ne pas s'en remettre à eux? Ça ne sert absolument à rien de se faire des idées!

Il regarda sa femme qui avait fermé les yeux, et se demanda avec malaise si elle retrouverait son visage normal. Pour l'instant, elle avait les paupières flétries, le nez gonflé et la bouche bizarrement grande. Alors qu'elle semblait sur le point de s'endormir, des larmes jaillirent brusquement de ses paupières fermées.

– Quand le bébé est né, dit-elle sans les ouvrir, l'infirmière a crié : «Oh!» et j'ai deviné qu'il se passait quelque chose d'anormal. Et puis le directeur s'est mis à rire, ou bien j'ai cru qu'il riait, et je n'ai plus compris… Quand je suis revenue à moi, on avait déjà emporté le bébé.

Ce salaud de directeur! La colère serra la gorge de Bird. Sans doute cet imbécile avait-il l'habitude de rire chaque fois que quelque chose d'inattendu survenait? Mais la rage de Bird s'évanouit aussi vite qu'elle l'avait saisi. Il n'avait plus assez d'estime envers lui-même pour s'en prendre à quelqu'un d'autre.

– Je t'ai apporté des pamplemousses, dit-il à sa femme, en manière d'excuse.

– Des pamplemousses? Pour quoi faire?

Comment avait-il pu oublier qu'elle détestait les pamplemousses?

– Bon sang! dit-il. Je me demande à quoi je pensais…

– Probablement ni à moi ni au bébé… Bird, penses-tu jamais à quoi que ce soit, en dehors de toi-même?

Il secoua la tête d'un air accablé et se tourna vers sa belle-mère, qui lui faisait toujours des signes mystérieux.

En fait, c'était Himiko qui avait acheté les pamplemousses. Désormais, semblait-il, Himiko serait mêlée à tous les détails de sa vie.

– Pourquoi ne pas les donner aux infirmières? suggéra sa belle-mère, en lui faisant encore un geste.

Cette fois, il comprit qu'elle essayait de lui dire qu'elle avait à lui parler, hors de la chambre de sa fille.

– Bonne idée, dit-il. Je reviens tout de suite. C'est en bas?

– À côté de la salle d'attente, lui précisa sa belle-mère avec un regard appuyé.

Bird emporta les pamplemousses. Tout cela lui apparaissait comme une farce, une mauvaise pièce. Seul le bébé était réel, avec cette excroissance monstrueuse à la tête – le bébé qui était en train de s'affaiblir parce qu'on le nourrissait d'eau sucrée au lieu de lait. Pourquoi d'eau sucrée ? Pourquoi ne pas se contenter de ne plus rien lui donner ? Cela aussi, n'était-ce pas un truc méprisable ?

Bird offrit les pamplemousses aux infirmières qu'il trouva dans le bureau et voulut se présenter, mais il fut incapable de prononcer un seul mot et se borna à s'incliner. En s'éloignant, il entendit les infirmières rire. La comédie continuait. Pourquoi tout cela était-il tellement irréel ? Il remonta l'escalier quatre à quatre.

Devant une porte de service, une bouilloire à la main, sa belle-mère l'attendait. Elle se tenait très droite, mais ce n'était pas par souci de dignité. Bird devina que l'épuisement et le désespoir seuls la raidissaient ainsi. Ils échangèrent quelques mots, sans quitter des yeux la porte de la chambre où se trouvait la femme de Bird. Lorsque celui-ci confirma que le bébé n'était pas mort, sa belle-mère lui dit d'un ton de reproche :

– Ne pouvez-vous pas obtenir qu'on fasse le nécessaire tout de suite ? Si cette enfant voit jamais son bébé, elle deviendra folle !

Bird ne répondit pas.

– Si seulement il y avait un médecin dans la famille, soupira sa belle-mère.

Nous ne sommes qu'un tas de vermine, pensa Bird, une bande de fameux égoïstes…

– On diminue sa ration de lait, dit-il. On lui donne de l'eau sucrée, à la place. Le médecin m'a dit qu'on verrait le résultat dans quelques jours.

Sa belle-mère parut se tasser sur elle-même. Elle baissa le bras, comme si la petite bouilloire était trop lourde pour elle, et elle dit d'une voix morne, en hochant la tête d'un air accablé :

– Je vois… Oui, je vois. Quand tout cela sera fini, nous garderons ce secret entre nous, n'est-ce pas ?

– Oui, promit Bird, sans dire qu'il avait déjà parlé à son beau-père.

– Autrement, ma petite fille ne voudra jamais avoir un autre enfant, Bird…

Bird, plus dégoûté que jamais, retourna seul dans la chambre de sa femme, en se demandant comment il serait possible qu'elle ne finît pas par percer leur jeu.

Il s'assit sur le bord du lit.

– Tu as l'air épuisé, lui dit sa femme en lui touchant la joue d'un geste affectueux.

– Je le suis.

– Tu ressembles à un rat qui aurait envie de se cacher dans son trou.

– À un rat?

– Maman a peur que tu ne te remettes à boire, comme tu l'as déjà fait, sans arrêt.

Bird se rappela sa gueule de bois et les semaines qu'il avait passées, naguère, noyé dans le whisky.

– Si tu recommences à boire, dit sa femme, tu ne seras plus bon à rien lorsque notre bébé aura le plus besoin de toi. Pense à cela, Bird…

– Je ne boirai plus jamais comme autrefois, répondit-il.

Il était sincère. N'avait-il pas déjà réussi à résister à la tentation? Mais l'eût-il pu, sans l'aide de Himiko? Sans elle, n'eût-il pas recommencé? Il en doutait. Mais ne pouvant parler de Himiko à sa femme, comment la convaincre de sa force de résistance?

– Je voudrais tellement que tu ailles bien, Bird, dit-elle. J'ai toujours peur que, lorsque quelque chose de vraiment grave arrivera, tu ne te remettes à boire ou à fuir dans tes rêves…

– Depuis le temps que nous sommes mariés, tu doutes encore de ton mari?

Il s'était forcé à parler sur le ton de la plaisanterie, mais sa femme ne s'y laissa pas prendre.

– Sais-tu que tu rêves souvent tout haut de l'Afrique ? Je ne t'en ai jamais parlé, mais je sais que tu n'as pas vraiment envie de mener une existence paisible entre ta femme et ton enfant. N'est-ce pas, Bird ?

Il resta un moment silencieux, puis il demanda sur un ton défensif :

– Comment sais-tu que je rêve d'Afrique ?

– Tu dis des choses en swahili.

– Qu'est-ce que je dis ?

– Je ne me rappelle pas, Bird. Généralement, je dors moi-même à moitié. Et je ne connais pas le swahili...

– Alors comment sais-tu que c'en est ?

– Tu dis des mots barbares, qui n'appartiennent à aucune langue civilisée... Bird, hier et avant-hier, quand ma mère m'a dit que tu couchais à l'autre hôpital, j'ai eu peur. J'ai pensé que peut-être tu étais en train de te soûler, ou de traîner je ne sais où...

– J'étais beaucoup trop bouleversé pour cela.

– Pourtant, tu rougis...

– Parce que tu me mets en colère, dit brusquement Bird. Pourquoi aurais-je été traîner n'importe où, alors que le bébé venait de naître ?

– Quand je t'ai dit que j'étais enceinte, tu as eu l'air de devenir fou. Avais-tu vraiment envie d'avoir un enfant, Bird ?

Il se déroba :

– Nous reparlerons de tout ça quand le bébé sera guéri, dit-il. Pour l'instant, c'est tout ce qui compte.

– Oui, c'est tout ce qui compte, en effet. Et sa guérison dépend de l'hôpital où tu as choisi de le mettre, et de tes efforts. Moi, je ne peux pas me lever et on ne m'a même pas dit ce qu'il a au juste. Je ne peux compter que sur toi, Bird.

– C'est très bien ainsi. Fais-moi confiance.

– Je me le suis demandé, Bird, et je me suis dit qu'au fond je te connais très mal. Serais-tu capable de te sacrifier pour le bébé ? Es-tu assez courageux pour prendre tes responsabilités ?

Bird avait souvent pensé que, s'il avait fait la guerre, il aurait au moins été capable de dire s'il était vraiment courageux. Cette question, il se l'était posée avant certaines bagarres, avant ses examens, avant son mariage même, et il avait toujours regretté de ne pouvoir y répondre avec certitude. C'était un peu pour cela aussi qu'il avait souhaité se mettre à l'épreuve en Afrique, y livrer en quelque sorte une guerre personnelle. Mais pour l'instant, guerre ou Afrique mises à part, il y avait une chose dont il était à peu près sûr : il n'était pas un homme sur qui on pouvait compter – il n'était qu'un lâche.

Irritée par son silence, sa femme crispa la main qu'elle avait posée sur la cuisse de Bird.

– Je me demande, dit-elle, si tu n'es pas le genre d'hommes qui abandonnent ceux qui ont le plus besoin d'eux, comme tu as abandonné cet ami que tu avais, tu sais bien, ce Kikuhiko...

Kikuhiko ! Un ami de sa jeunesse, du temps où il jouait les durs dans une ville de province. Plus jeune que lui, Kikuhiko suivait Bird partout, comme un chien fidèle... Un jour, dans un village des environs, il leur était arrivé une curieuse aventure. Ils avaient accepté de rechercher un fou qui s'était échappé d'un asile et ils avaient passé la soirée à parcourir la petite ville à bicyclette. Alors que Kikuhiko, vite lassé de l'entreprise, s'était mis à faire le clown et avait finalement perdu la bicyclette qu'il avait empruntée à l'asile, Bird, lui, s'était pris au jeu et avait poursuivi ses recherches toute la nuit. Le fou, lui avait-on dit, avait une peur panique des chiens, en qui il voyait des démons déguisés – et on avait décidé que s'il n'était pas retrouvé à l'aube, on lancerait sur sa piste les bergers allemands de l'asile. C'était ce qui avait décidé Bird à poursuivre ses recherches. Lorsque Kikuhiko l'avait pressé de renoncer et de rentrer chez eux, Bird, furieux, l'avait injurié, lui révélant ce qu'il savait de son aventure avec un homosexuel américain. Ensuite, il avait abandonné son malheureux ami – et il avait fini par retrouver le fou, pendu sur une colline.

Cette aventure avait marqué une étape dans sa vie. Le lendemain matin, assis à côté du chauffeur de la camionnette qui ramenait le cadavre du pendu, Bird avait eu le pressentiment qu'il allait bientôt dire adieu à la vie de mauvais garçon. Le printemps suivant, il était entré à l'université de Tokyo. C'était la guerre de Corée, et Bird avait été effrayé par certaines rumeurs selon lesquelles les jeunes oisifs des villes de province allaient être enrôlés et envoyés en Corée.

Mais qu'était devenu Kikuhiko après que Bird l'avait abandonné, la fameuse nuit du pendu ? Les propos de sa femme lui donnaient l'impression que le fantôme d'un ami surgissait de son passé.

– Pourquoi me rappelles-tu cette vieille histoire ? demanda-t-il. Je ne me souvenais même pas de t'en avoir parlé.

– Je m'étais dit que, si nous avions un fils, nous aurions pu l'appeler Kikuhiko.

L'appeler Kikuhiko ? Bird faillit ricaner. Comme si ce bébé monstrueux pouvait jamais avoir un nom…

– Si tu l'abandonnais, dit sa femme, je crois que je demanderais le divorce, Bird.

Elle avait de toute évidence tourné et retourné cette phrase dans sa tête, depuis qu'elle reposait dans ce lit. Et pour finir, pensa Bird, s'il devait se confirmer qu'il était un lâche, sur lequel on ne pouvait pas compter, il lui resterait à passer le reste de sa triste vie dans la peau d'un mari raté... En ce moment même, dans cet hôpital trop luxueux, le bébé est en train de mourir et je n'attends que cela, tandis que ma femme pèse mon sens des responsabilités et l'avenir de notre ménage! Je joue un jeu que j'ai déjà perdu, et il faut bien continuer de faire semblant.

– Le bébé ne mourra pas, dit-il.

Sa belle-mère revint dans la chambre avec du thé. Comme elle feignait d'avoir oublié leur entretien dans le couloir et comme la femme de Bird ne voulait manifestement pas qu'elle fût au courant de sa discussion avec son mari, leur conversation, pour la première fois, porta sur des sujets sans importance. Bird essaya même de les faire sourire avec l'histoire du petit homme dont l'enfant n'avait pas de foie.

Avant de s'approcher de la voiture de sport rouge, Bird se retourna pour s'assurer que toutes les fenêtres de la clinique étaient cachées par le feuillage des arbres.

Himiko s'était endormie derrière le volant, à demi étendue sur la banquette. En se penchant pour la réveiller, Bird eut un peu le sentiment d'avoir échappé à des étrangers et de retrouver sa vraie famille.

– C'est toi, Bird ? dit Himiko en se redressant.

Il monta rapidement dans la voiture.

– Ça ne t'ennuie pas trop de passer par mon appartement et par la banque avant d'aller à l'hôpital ? demanda-t-il.

Himiko mit le moteur en marche et accéléra brutalement.

– Tu es sûre d'être bien réveillée ? Tu ne rêves pas que tu roules sur une autoroute ?

– Non, Bird… J'ai rêvé que je faisais l'amour avec toi.

– Tu ne penses donc jamais à rien d'autre ?

– Forcément, après ce qui s'est passé entre nous… Ce n'est pas souvent aussi réussi. Ne serait-ce pas merveilleux si c'était toujours ainsi ? Malheureusement, ces choses-là ne peuvent pas durer. Avant même de nous en rendre compte, nous serions fatigués l'un de l'autre.

Bird faillit dire : « Ça ne fait que commencer ! » – mais, étant donné la vitesse à laquelle Himiko conduisait la MG, ils étaient déjà devant chez lui…

– Je reviens dans cinq minutes, dit-il. Tâche de rester éveillée, cette fois. Tu ne peux pas rêver que tu fais l'amour toutes les cinq minutes…

Dans la chambre à coucher, il rassembla quelques objets dont il aurait besoin s'il s'installait chez Himiko – en évitant de regarder le berceau, qui ressemblait à un petit cercueil blanc. Il prit également un roman écrit en anglais par un auteur africain, décrocha du mur les cartes d'Afrique, les plia soigneusement et les mit dans la poche de sa veste.

Lorsqu'il rejoignit Himiko, elle les vit.

– Ce sont des cartes routières ? demanda-t-elle.

– Oui, bien sûr.

– Laisse-moi voir s'il n'y a pas un raccourci pour aller à l'hôpital.

– Ça m'étonnerait, dit Bird. Ce sont des cartes d'Afrique ! Les premières vraies cartes routières que j'aie jamais possédées.

– J'espère que tu auras l'occasion de les utiliser, dit-elle avec une nuance de moquerie dans la voix.

Après être passés à la banque, ils allèrent à l'hôpital. Bird laissa de nouveau Himiko dans la voiture et se rendit au bureau pour remplir les formalités d'hospitalisation du bébé. Ce ne fut pas facile, car le nouveau-né n'avait pas de nom. Bird eut à répondre à des questions sans fin. Il finit par s'énerver :

– Mon enfant est mourant, dit-il. Il est peut-être même déjà mort. Est-il tellement important qu'il ait un nom ?

L'employée finit par céder. Bird qui en était arrivé à se convaincre que le bébé était mort, s'enquit des formalités relatives à l'autopsie et à la crémation du corps.

Mais lorsqu'il rejoignit le médecin de garde, celui-ci le détrompa immédiatement en lui demandant froidement :

– Pourquoi êtes-vous si impatient de voir votre fils mort ? Les frais d'hospitalisation ne sont pourtant pas tellement élevés... Et vous devez bien avoir une assurance ? En fait, votre fils s'affaiblit mais il est toujours bien vivant. Détendez-vous donc un peu et comportez-vous comme un père normal.

Bird inscrivit le numéro de téléphone de Himiko sur une page de son agenda et la donna au médecin en le priant d'appeler s'il arrivait quelque chose. Sentant que tout le monde le considérait comme un indésirable, il regagna rapidement la voiture, sans même demander à voir son fils. Himiko s'était de nouveau assoupie. Ils retournèrent chez elle dans la chaleur écrasante de l'après-midi et s'étendirent, nus, sur le lit, en attendant les nouvelles.

Ils ne pensaient à rien d'autre et Bird n'accompagna pas Himiko lorsqu'elle sortit acheter le dîner, craignant qu'on ne l'appelât s'il s'absentait.

Après le dîner, ils écoutèrent à la radio un pianiste russe, mais en baissant le son de l'appareil afin qu'il ne risque pas de couvrir la sonnerie du téléphone.

Bird finit par s'endormir, d'un sommeil agité, sans cesse réveillé par une sonnerie imaginaire. Il rêva même qu'il décrochait le téléphone et qu'on lui annonçait la mort du bébé. Au milieu de la nuit, il se réveilla tout à fait et eut conscience que son état d'esprit était celui d'un meurtrier attendant l'heure de son exécution. C'est avec un profond soulagement qu'il constata la présence de Himiko à son côté. Jamais encore, depuis qu'il était adulte, il n'avait eu autant besoin d'une autre personne.

9

Le lendemain matin, Bird prit la voiture de Himiko pour aller à l'école. Il se rendit compte que la présence de la MG écarlate, au milieu de la cour pleine d'élèves, avait quelque chose d'un peu scandaleux, mais il ne s'en soucia pas. Depuis que ses ennuis avaient commencé, il se sentait de plus en plus indifférent à tout le reste.

Dans la salle des professeurs, le responsable de son département l'informa que le principal voulait le voir. Cela non plus ne toucha guère Bird.

– Tu es vraiment quelqu'un ! lui lança son collègue avec un sourire malicieux. Je ne sais pas si tu es courageux ou seulement inconscient, mais on peut dire que tu ne manques pas de culot…

En entrant dans la classe, Bird ne put s'empêcher de froncer les sourcils d'un air méfiant, mais ce n'étaient pas les mêmes élèves que la veille et la plupart ne savaient sans doute rien de ce qui s'était passé, se dit-il pour s'encourager. Pendant la leçon, il remarqua que quelques-uns le regardaient avec des yeux curieux. Probablement ceux-là étaient-ils au courant, mais il y avait dans leur regard une sorte de complicité amicale et Bird fit comme si de rien n'était.

Lorsqu'il quitta la classe, un jeune homme s'approcha de lui. Il l'avait manifestement attendu. Bird reconnut en lui son défenseur de la veille.

– Bonjour, dit-il à Bird.

– Bonjour.

– Je parie que le principal vous a convoqué ? Mon camarade a fait toute une histoire à propos de l'incident d'hier… Il a raconté au principal que vous aviez la gueule de bois et que vous avez vomi en classe, mais cinq ou six d'entre nous sont prêts à témoigner que c'était une indigestion. Nous avons pensé qu'il valait mieux vous en parler d'abord, pour nous mettre d'accord.

Il s'était exprimé avec assurance, d'un ton de conspirateur, content de lui, avec un sourire qui découvrait des dents très blanches.

– J'*avais* la gueule de bois, dit Bird. Ce sont vos camarades qui ont tort. Je suis coupable de ce dont m'accuse votre puritain.

Il allait s'éloigner. Le garçon le suivit.

– Mais, sensei, si vous parlez ainsi vous serez renvoyé ! Le principal est à la tête de la section locale de la Ligue antialcoolique…

– Vous plaisantez ?

– Il vaudrait beaucoup mieux dire que vous avez eu une indigestion… En cette saison, ça n'a rien d'étonnant. Vous pourriez dire que vous êtes si mal payé que vous êtes obligé de manger n'importe quoi.

– Je ne veux pas mentir et je ne veux pas que vous mentiez pour moi.

– Si vous êtes renvoyé, que ferez-vous, sensei ?

Bird décida de ne pas tenir compte des propos du garçon. Il ne voulait plus être mêlé à aucun complot. Il avait conscience d'être devenu extrêmement méfiant – sans doute sa conscience avait-elle déjà suffisamment de choses à se reprocher.

– Mais peut-être ne tenez-vous pas tellement à votre situation ? poursuivit l'élève. Un répétiteur qui conduit une MG rouge… Le principal doit se poser des questions !

Bird planta là le jeune homme qui riait de toutes ses dents et se dirigea vers le vestiaire pour y ranger la boîte de craies et le manuel. Dans son placard, il trouva une enveloppe adressée à son nom. C'était un mot de son ami, le responsable du groupe d'étude. Sans doute les autres avaient-ils pris une décision concernant M. Delchev. Bird allait lire la lettre, lorsqu'il se ravisa et la fourra dans sa poche. Si son entrevue avec le principal tournait mal, peut-être ce message lui apporterait-il quelque réconfort…

Le visage du principal annonça à Bird qu'il pouvait s'attendre au pire. Il y était résigné…

– Bird, nous avons une méchante petite affaire à régler. Pour ne rien vous cacher, j'en suis aussi ennuyé que vous.

Le ton du principal, à la fois austère et pragmatique, était celui d'un homme d'affaires de cinéma. Il n'avait pas quarante ans, mais c'était lui qui avait transformé cette école privée en une boîte à bachot réputée, et, à présent, il projetait d'en faire un collège de préparation à l'université. Il avait la tête rasée et portait des lunettes faites sur mesure – deux verres ovales fixés à une grosse monture droite – qui accentuaient l'irrégularité de ses traits. Malgré son apparente assurance, il y avait dans son regard quelque chose qui avait toujours touché Bird.

– Je sais à quoi vous faites allusion, dit celui-ci. Et je reconnais ma faute.

– L'élève qui s'est plaint collabore régulièrement au journal de l'école. C'est un garçon peu sympathique. Ce serait ennuyeux s'il provoquait un scandale…

– Bien sûr. Je pense que le mieux serait que je vous remette ma démission.

Bird avait parlé très vite, pour faciliter les choses au principal. Celui-ci renifla bruyamment et prit une expression désolée.

– Le professeur sera certainement navré, dit-il.

Bird comprit l'allusion : le principal souhaitait qu'il expliquât lui-même la situation à son beau-père. Il acquiesça d'un signe de tête et se disposa à sortir, sentant que s'il s'attardait la colère le gagnerait.

– Encore une chose, Bird. Il m'est revenu que certains élèves disent que vous avez seulement eu une indigestion et qu'ils ont menacé de représailles celui dont nous parlons. Lui prétend que c'est vous qui les y avez incités. Ce n'est pas vrai, n'est-ce pas?

Bird cessa de sourire et dit sèchement :

– Je ne voudrais pas abuser de votre temps.

– Je suis navré de cette histoire, Bird, dit le principal d'un ton sincère. Vous m'avez toujours été sympathique, vous le savez... Vous aviez vraiment la gueule de bois?

– Oui, dit Bird. C'était vraiment une gueule de bois.

Et il sortit.

Comme il traversait la cour pour regagner la voiture de Himiko, le concierge s'approcha de lui et lui demanda gentiment :

– C'est vrai, sensei, que vous nous quittez ? Je vous regretterai, vous savez…

Les nouvelles décidément se propageaient vite… Bird, qui aimait bien le vieux concierge, lui répondit d'un ton faussement léger :

– Soyez tranquille, je vous ennuyerai encore jusqu'à la fin du trimestre…

Son inévitable allié l'attendait, assis sur une aile de la MG, et bondit vers lui dès qu'il le vit approcher.

– Alors ? Comment ça s'est passé ? Vous lui avez dit que c'était une indigestion ?

– Je lui ai dit la vérité.

– Bon sang ! C'est malin ! s'écria le garçon d'un air dégoûté. Vous savez qu'il va vous renvoyer ?

Bird monta dans la voiture et mit le contact. Le cuir du siège et le volant étaient brûlants.

– Qu'allez-vous faire, maintenant, sensei ?

Ce que j'ai l'intention de faire ? pensa Bird. Comme si j'en avais la moindre idée… Et les notes de la clinique et de l'hôpital à payer… Mais l'ardeur du soleil l'empêchait de mettre bout à bout deux idées claires.

– Pourquoi ne deviendriez-vous pas guide ? Vous pourriez soutirer des dollars aux touristes, au lieu de vous contenter des quelques misérables yens que vous gagnez dans cette boîte…

– Vous savez où il y a un service de guides ? demanda Bird avec intérêt.

– Je vais me renseigner. Où pourrai-je vous toucher ?

– Nous nous verrons après la classe, la semaine prochaine.

– D'accord ! Comptez sur moi, dit l'élève, tout excité.

Bird gagna prudemment la rue. Il avait souhaité se débarrasser de l'élève pour pouvoir lire la lettre qui était toujours dans sa poche, mais, en accélérant, il se rendit compte que ce garçon lui avait fait du bien et il lui en sut gré : sans lui, il eût été accablé par la perte de sa situation.

Il s'arrêta à une station-service pour faire le plein et en profita pour lire la lettre de son ami. M. Delchev n'avait pas donné suite aux injonctions de la légation et il vivait toujours à Shinjuku avec une fille de réputation douteuse. Il ne voulait pas rompre avec son pays, choisir la liberté ou devenir espion, non – il était seulement incapable de se séparer de cette fille. Bien entendu, la légation craignait que l'incident ne fût exploité sur le plan politique : si certains gouvernements occidentaux lançaient une campagne de propagande à propos de l'affaire, les répercussions risquaient d'être sérieuses. En conséquence, le gouvernement de M. Delchev souhaitait le voir ramené à la légation le plus rapidement possible pour pouvoir le renvoyer dans son pays, mais il n'était pas question de faire appel à la police japonaise, ce qui eût donné à la chose une publicité inopportune. D'autre part, si la légation elle-même tentait d'utiliser la force, il était certain que, connaissant M. Delchev, il en résulterait une bagarre où la police serait bien forcée d'intervenir. En conséquence, et ne sachant à quel saint se vouer, la légation avait fini par demander aux membres du groupe d'étude d'essayer, aussi discrètement que possible, de convaincre M. Delchev de l'absurdité de sa conduite. Le groupe devait se réunir samedi, à une heure de l'après-midi, dans un restaurant en face de l'université – et Bird était particulièrement lié avec M. Delchev, on comptait absolument sur sa présence.

Samedi, c'était après-demain. Il irait, oui… En admettant qu'on ne lui annonçât pas, entre-temps, la mort du bébé, cela lui changerait au moins les idées. Après tout, cette lettre était une bonne chose…

Il s'arrêta devant une épicerie pour acheter de la bière et une boîte de saumon. Chez Himiko, il trouva la porte fermée à clef. Était-elle sortie ? Une rage absurde s'empara de Bird. Et si l'hôpital avait essayé de le joindre ? Mais lorsqu'il eut fait le tour de la maison et appelé Himiko, les rideaux de la chambre à coucher s'écartèrent et Bird eut un soupir rassuré. Dès que Himiko lui eut ouvert, il lui demanda :

– Pas de nouvelles de l'hôpital ?

– Non, rien.

Une brusque fatigue l'envahit, comme si seule l'annonce de la mort du bébé eût pu donner un sens à tout ce qu'il avait fait depuis le matin.

– Pourquoi fermes-tu la porte à clef en plein jour ? demanda-t-il d'un ton agressif.

– J'ai peur… Il me semble toujours qu'un mauvais génie m'attend dehors.

– Un mauvais génie ? Je ne vois pas quel malheur pourrait t'arriver…

– Il n'y a pas si longtemps que mon mari s'est tué, Bird… Tu crois peut-être être le seul à qui il puisse arriver malheur ?

Elle lui tourna le dos et regagna sa chambre. Bird, les yeux fixés sur ses épaules nues, la suivit à l'aveuglette à travers le désordre du living-room et s'arrêta brusquement à l'entrée de la chambre à coucher : une grande fille, de l'âge de Himiko, était allongée sur le lit dans un nuage de fumée, les épaules et les bras nus.

– Salut, Bird, dit-elle d'une voix traînante. Ça fait des siècles qu'on ne s'est vus...

– Bonjour.

– Je n'avais pas envie d'attendre toute seule ce coup de téléphone, expliqua Himiko. Je lui ai demandé de me tenir compagnie.

La fille avait été, elle aussi, une compagne de classe de Bird. Diplômée depuis deux ans, elle n'avait jamais rien fait, jugeant indignes d'elle toutes les situations qu'on lui avait proposées. Après deux ans d'oisiveté, elle était devenue productrice dans une station de radio de troisième ordre.

– Tu ne travailles pas, aujourd'hui ? demanda Bird.

– Toutes mes émissions passent après minuit.

Bird se rappela divers scandales auxquels elle avait été mêlée, y entraînant la station qui avait la bonté de l'employer. Il n'avait pas oublié non plus à quel point elle le dégoûtait lorsqu'ils étaient étudiants, et qu'elle était non seulement grande mais grasse.

– On ne pourrait pas aérer un peu ? suggéra-t-il discrètement en posant la bière et la boîte de saumon sur le récepteur de TV.

Himiko alla ouvrir un vasistas dans la cuisine – mais son amie, sans se soucier du regard hostile de Bird, alluma une autre cigarette. Elle avait des mains disgracieuses, aux ongles couverts d'un vernis argenté. À la flamme orange de son briquet Dunhill et malgré les cheveux qui cachaient à moitié son visage, Bird remarqua les plis qui creusaient son front et son air soucieux. Quelque chose la tracassait.

– La chaleur ne vous gêne pas, toutes les deux? demanda-t-il.

– Plutôt! dit l'amie de Himiko d'une voix lugubre. Mais les courants d'air nuisent à l'intimité...

Elle regardait avec réprobation Himiko s'affairer dans la cuisine, où elle rangeait les emplettes de Bird. De temps à autre, elle jetait à celui-ci un regard sans aménité. Cette garce va probablement bavarder à notre sujet, pensa Bird. Si ça se trouve, on parlera même de nous à la radio...

Himiko avait épinglé au mur de la chambre à coucher l'une des cartes d'Afrique, et le roman qu'il avait glissé dans son sac était sur le lit. Elle devait être en train de le lire lorsque son amie était arrivée. Bird en fut agacé : que ses trésors africains fussent traités avec une telle désinvolture, c'était mauvais signe... Sans doute ne verrai-je jamais le ciel d'Afrique, pensa-t-il. Et plus question de mettre de l'argent de côté pour le voyage, maintenant que j'ai perdu ma situation...

– J'ai été renvoyé, dit-il à Himiko.

– Non ? Que s'est-il passé, Bird ?

Il fut obligé de raconter l'incident de la veille, la campagne menée contre lui par le jeune puritain, et tout cela, à mesure qu'il en parlait, lui semblait de plus en plus déplaisant.

– Comment as-tu pu te laisser virer aussi facilement ? dit Himiko. Tu aurais dû te défendre. Et si certains de tes élèves étaient prêts à prendre ton parti, il fallait les laisser faire !

En effet, pensa Bird, pourquoi ai-je capitulé si facilement ? Pour la première fois, il regretta son emploi perdu. Comment expliquerait-il la chose à son beau-père ? Serait-il capable d'avouer qu'il s'était soûlé le jour de la naissance du bébé et qu'il s'était si mal tenu, le lendemain, que cela lui avait coûté sa place ? Et tout cela à cause du Johnny Walker que le professeur, justement, lui avait offert…

– J'avais le sentiment que rien ne pouvait justifier ma conduite, dit-il. Et puis, j'avais tellement hâte d'en finir avec le principal que je n'ai même pas voulu discuter.

L'amie de Himiko intervint.

– Tu veux dire que tu ne t'es pas senti le droit de te défendre, uniquement parce que tu attends la mort de ton bébé ?

– C'est un peu ça, répliqua Bird, agacé à la fois par l'indiscrétion de Himiko et par le sans-gêne de son amie.

Bientôt, tout le monde serait au courant…

– Ce sont les gens qui croient n'avoir plus aucun droit qui se suicident, dit Himiko. De grâce, Bird, ne te tue pas!

– Pourquoi parler de suicide?

– Pour mon mari, c'est ainsi que les choses se sont passées. Si jamais tu devais te pendre dans cette chambre, Bird, je croirais que j'ai le mauvais œil…

– Mais je n'ai jamais pensé à me tuer!

– Ton père ne s'est-il pas suicidé?

– Comment le sais-tu?

– Tu me l'as dit le jour où mon mari s'est pendu, pour essayer de me consoler. Tu voulais me faire croire que le suicide est une chose banale, qui arrive tous les jours…

– Je ne devais pas être dans mon état normal.

– Tu m'as même dit que ton père t'avait battu, un peu avant…

– Qu'est-ce que c'est que cette histoire? demanda curieusement l'amie de Himiko.

Bird ne répondit pas, mais Himiko le fit à sa place.

Un jour, alors qu'il avait six ans, Bird avait demandé à son père : «Père, où étais-je un siècle avant de naître? Et où serai-je un siècle après ma mort? Dis-moi, père : que m'arrivera-t-il quand je mourrai?» Sans un mot, son jeune père l'avait violemment frappé au visage, lui brisant deux dents – et Bird avait cessé d'avoir peur de la mort. Mais trois mois plus tard son père s'était tiré une balle dans la tête, avec un vieux pistolet allemand de la Première Guerre mondiale...

– Si le bébé meurt de malnutrition, dit Bird en pensant à son père, cela me fera une chose de moins à redouter. Je ne sais pas ce que je ferais si mon fils, à six ans, me posait la même question. Je serais incapable de le frapper pour le forcer à penser à autre chose qu'à la mort...

L'amie de Himiko se tourna vers lui.

– Bird, cette attente de la mort du bébé n'est-elle pas la pire des choses? L'incertitude, l'anxiété... N'est-ce pas pour cela que tu es aussi mal en point? Même Himiko a l'air d'avoir maigri...

– Je ne peux pourtant pas aller le chercher et le tuer! protesta Bird.

– Si tu le faisais, du moins n'aurais-tu plus à te mentir! Tu te salirais les mains, ce serait plus franc... Il est trop tard à présent, Bird, pour te dissimuler ton vrai visage : tu as choisi de devenir un salaud, parce tu voulais épargner à ton petit foyer la présence d'un bébé anormal. Cet égoïsme est logique. Mais tu as aussi choisi de laisser à un médecin anonyme le soin de faire ta sale besogne pendant que tu jouerais les victimes innocentes, comme si tu étais un brave homme accablé par le sort – et ça, Bird, c'est mauvais pour ton équilibre mental ! Il faut que tu l'admettes enfin : tu te mens à toi-même.

– Je me mens ? Ce serait vrai si j'essayais de me convaincre que j'ai les mains propres, tout en attendant avec impatience la mort de mon bébé. Mais je sais parfaitement que je serai responsable de cette mort !

– Je me le demande, dit l'amie de Himiko d'un ton sceptique. J'ai peur que, lorsqu'il mourra, tu ne t'aperçoives que ce n'est pas si simple. La note à payer sera élevée, Bird.. Et c'est alors que Himiko devra veiller à ce que tu ne sois pas tenté de te tuer – bien qu'à ce moment-là il soit probable que tu seras retourné auprès de ta malheureuse femme.

– Ma femme m'a dit qu'elle demanderait le divorce si le bébé mourait à cause de ma négligence.

Renchérissant sur les propos de son amie, Himiko dit :

– Ça non plus, ce ne sera pas aussi simple, Bird. Tu n'accepteras pas le divorce. Tu feras tout pour te justifier en brouillant les cartes. Il est déjà trop tard pour divorcer : le poison a fait son œuvre. Tu sais comment cela finira ?

Personne, pas même ta femme, ne te croira vraiment, un jour tu t'apercevras que toute ta vie est fondée sur le mensonge, et finalement tu te tueras. Les premiers symptômes d'autodestruction sont déjà visibles, Bird !

– En somme, d'après vous, je vais vers une impasse ? dit Bird avec une fausse jovialité. Mon avenir est donc sans issue ?

– De toute évidence, tu es *déjà* dans une impasse, dit l'amie de Himiko.

– Enfin, quoi ! Le fait que ma femme a mis au monde un enfant anormal est un simple accident dont ni elle ni moi ne sommes responsables ! Et je ne suis ni assez diabolique pour étrangler ce bébé de mes mains ni assez angélique pour mobiliser une armée de médecins et les supplier de sauver la vie d'un enfant condamné à être un monstre... Tout ce que je puis faire, c'est le laisser à l'hôpital en attendant qu'il meure naturellement. Quand tout sera fini, si j'ai mauvaise conscience, tant pis pour moi !

– C'est là où tu te trompes, Bird. Tu aurais dû avoir le courage de choisir : être un monstre ou un ange *jusqu'au bout.*

Bird s'avisa soudain qu'une légère odeur d'alcool flottait dans la chambre enfumée. Il regarda le visage anormalement rouge de l'amie de Himiko.

– Tu as bu, dit-il.

Elle lui lança un regard de défi et répliqua :

– Ça n'ôte rien à la portée de ce que je t'ai dit, Bird... Quoi que tu en penses maintenant, c'est après la mort du bébé que tu te rendras compte que tu n'as pas cessé de te mentir. Oserais-tu nier que, pour l'instant, ta plus grande crainte est que ce bébé anormal pourrait ne pas mourir mais grandir comme une mauvaise herbe ?

Bird sentit son cœur se serrer et il se remit à transpirer.

Il resta silencieux un long moment, pareil à un chien battu, puis il se leva et, sans un mot, alla chercher la bière dans le réfrigérateur. Il n'avait pas envie de boire, mais il prit quand même la bouteille et trois verres.

L'amie de Himiko était passée dans le living-room où, après avoir allumé, elle entreprit de se recoiffer, de se maquiller et de remettre sa robe.

– Tu veux de la bière ? lui demanda Himiko.

– Non, merci. Il faut que j'aille à la radio.

– Mais il est encore tôt !

– Je suis sûre que tu n'as plus besoin de moi, maintenant que Bird est là...

Puis, s'adressant à Bird :

– Je suis un peu la bonne fée de mes amies. Elles ont besoin de moi parce qu'elles ne savent pas très bien ce qu'elles veulent. Dès que quelqu'un a des ennuis, j'apparais et je lui redonne de la force… Bird, essaie de ne pas trop mêler Himiko à tes problèmes familiaux, veux-tu ? Note bien que je suis de cœur avec toi…

Himiko sortit avec son amie pour l'aider à trouver un taxi. Bird vida ce qui restait de bière tiède dans l'évier et prit une douche froide. Il ne s'était jamais senti si mal en point et il lui semblait presque incroyable que, l'avant-veille encore, il eût été capable de tenir tête à la bande de voyous qui l'avait attaqué.

La douche le ranima et éveilla même en lui une vague excitation. Il s'allongea, nu, sur le lit. L'odeur de l'autre fille s'était dissipée. Il était bien dans la tanière de Himiko. Mais où pouvait-elle s'attarder ainsi ?

Lorsqu'elle revint, près d'une heure plus tard, Bird l'accueillit avec mauvaise humeur.

– Elle était jalouse, dit Himiko pour défendre son amie.

– Jalouse ?

– Tu ne me croiras pas, mais c'est la fille la plus vulnérable de notre petit groupe. De temps à autre, l'une d'entre nous couche avec elle pour lui remonter un peu le moral. Et elle s'imagine que cela suffit à faire d'elle notre bonne fée…

Depuis qu'il avait abandonné le bébé à l'hôpital, Bird était devenu imperméable aux considérations d'ordre moral et la nature des rapports que Himiko pouvait avoir avec son amie le laissait assez froid.

– C'est peut-être la jalousie qui l'a fait parler comme elle l'a fait, dit-il, mais ça n'ôte rien à la portée de tout ce qu'elle m'a dit…

10

Ils regardèrent le journal télévisé de minuit. Bird allongé sur le lit, Himiko assise par terre, les bras autour des genoux. La chaleur était tombée et la fraîcheur de la nuit était agréable à leurs corps nus. Comme ils avaient baissé le son du récepteur – en pensant toujours au téléphone – la voix du commentateur ne faisait pas plus de bruit qu'un bourdonnement d'abeille. D'ailleurs, Bird n'écoutait même pas ce qu'il disait, pas plus qu'il ne prêtait attention aux images. Rien du monde extérieur n'aurait pu trouver écho en lui – il attendait, simplement, pareil à un opérateur radio qui n'eût même pas été sûr qu'un message lui serait adressé.

Himiko posa brusquement par terre le livre qui était sur ses genoux – *L'Ivrogne dans la brousse*, par l'écrivain africain Amos Tutuola – et, se penchant en avant, éteignit le récepteur. En regardant l'image s'effacer, devenir un simple point blanc et disparaître tout à fait, Bird pensa : « Mon bébé vient peut-être de mourir… » Il se rendit compte que, depuis le matin, il n'avait fait qu'attendre, il n'avait pensé qu'à la mort de l'enfant. Quelque chose en lui, de toute évidence, était bloqué.

Himiko, une lueur bizarre dans les yeux, prononça une phrase qu'il ne comprit pas.

– Quoi ?

– Je dis que cela pourrait bien marquer le début d'une guerre atomique qui entraînerait la fin du monde…

– Qu'est-ce que tu racontes ? Tu as une façon de dire n'importe quoi, parfois…

– N'importe quoi ? Mais tu n'as pas entendu les nouvelles ?

– Quelles nouvelles ? Je n'écoutais pas…

Himiko le regarda d'un air incrédule, mais elle se rendit compte qu'il était sincère.

– Voyons, Bird, reprends-toi !

– Qu'est-ce qui se passe ?

– Khrouchtchev a annoncé la reprise des expériences nucléaires. Les Russes ont apparemment mis au point une bombe plus puissante que toutes les bombes H.

– Ah, c'est ça ?

– Tu ne sembles pas impressionné.

– J'avoue que non…

– C'est incroyable !

C'était incroyable, en effet, pensa Bird, mais le fait était que même l'annonce du déclenchement d'une troisième guerre mondiale l'eût laissé indifférent...

– Je ne sais pas pourquoi, dit-il, mais franchement, ça m'est égal...

– La politique ne t'intéresse plus ?

Bird réfléchit avant de répondre.

– Je ne suis plus aussi soucieux de la situation internationale qu'au temps où nous étions étudiants, dit-il. Tu te rappelles toutes ces manifestations auxquelles nous participions, toi, ton mari et moi ? En fait, la seule chose qui me préoccupait, alors, c'était la possibilité d'une guerre nucléaire. J'aurais donc dû être frappé par ces nouvelles et pourtant je n'y ai même pas fait attention.

– Bird !

– C'est comme si mon système nerveux n'était plus perméable qu'à ce qui concerne le bébé.

– On pourrait le croire, en effet. Depuis quinze heures tu n'as parlé de rien d'autre...

– Le fantôme de cet enfant me hante.

– Ce n'est pas normal. Bird ! Si cela doit durer encore longtemps, tu deviendras fou ! Si tu te laisses ainsi envoûter, tu ne t'en remettras pas, même après la mort du bébé. Rappelle-toi Macbeth : *« Il ne faut pas penser ainsi à ces choses, car elles risquent de nous rendre fous...»*

– Je ne peux pas m'en empêcher, et peut-être cela continuera-t-il après sa mort. Que veux-tu que j'y fasse? D'ailleurs, tu as raison : ce sera peut-être encore *pire* après sa mort.

– Mais il n'est pas trop tard pour appeler l'hôpital et demander qu'on le nourrisse mieux, qu'on lui donne du lait au lieu d'eau sucrée!

– Ce n'est pas une solution, dit Bird d'une voix plaintive. Tu le saurais, si tu avais vu sa tête...

Himiko le regarda et le visage de Bird lui fit détourner les yeux. Elle s'étendit près de lui. Il faisait assez frais, maintenant, pour que le contact de leurs corps ne les gênât pas. Ils restèrent un long moment silencieux et immobiles, puis Himiko enlaça Bird avec une espèce de timidité inhabituelle. En sentant contre sa cuisse les poils du pubis de Himiko, il éprouva une vague répulsion. Il eût aimé qu'elle cessât de bouger, et en même temps il espérait qu'elle ne s'endormirait pas avant lui. Les minutes passaient. Chacun des deux feignait d'ignorer que l'autre était éveillé. Enfin Himiko dit brusquement, d'une voix bizarrement aiguë, comme pour mettre fin à un jeu :

– La nuit dernière, tu as rêvé au bébé, n'est-ce pas ?

– Oui. Pourquoi ?

– Qu'as-tu rêvé ?

– Pas grand-chose… Il m'a semblé voir une base de missiles sur la Lune et le berceau du bébé abandonné au milieu de ce paysage désolé.

– Tu t'agitais comme un nouveau-né, les poings crispés, et tu poussais des gémissements enfantins… J'ai eu peur que tu ne redeviennes pas toi-même.

Après un silence, elle ajouta :

– Bird, si tu ne gardais pas tout cela pour toi, si j'étais davantage mêlée à cette histoire, il me semble que je pourrais mieux t'aider.

– C'est une affaire strictement personnelle, en effet, dit Bird. Mais il est possible qu'en pareil cas quelqu'un d'autre puisse vous aider à trouver la vérité… Ce qui m'arrive me donne l'impression que je m'enfonce, seul, dans un tunnel sans fond, en m'éloignant de plus en plus du monde des autres. Comment faire partager à quiconque ce que j'éprouve ?

– À mon avis, il n'y a pas de souffrance absolument inutile, Bird. Je parle d'expérience… Après le suicide de mon mari, j'ai couché avec un homme dont je ne savais rien et j'ai eu peur qu'il ne m'ait donné la syphilis. Cette phobie m'a obsédée longtemps et pendant tout le temps qu'elle a duré il m'a semblé que cette hantise était absolument sans issue. Lorsque cela m'a passé, j'ai pourtant découvert que j'y avais gagné quelque chose. Depuis, je n'ai plus peur de rien de ce genre.

Elle eut un petit rire forcé, qui sonnait faux. Bird sentit qu'elle essayait de le faire penser à autre chose qu'à son drame personnel.

– En d'autres termes, dit-il, la prochaine fois que ma femme aura un enfant anormal, cela ne me fera plus rien ?

– Ce n'est pas ce que je voulais dire…

En fait, ils n'avaient plus rien à se dire. Himiko se leva.

– Je vais prendre un somnifère, lança-t-elle. Tu en veux aussi ?

Il fut tenté d'accepter mais repoussa la tentation : si le téléphone sonnait sans qu'il l'entendît…

– Non, dit-il. Je déteste me réveiller, le matin, abruti par les somnifères.

Il resta éveillé longtemps après que Himiko se fut endormie. Il n'osait pas bouger, malgré les crampes qui le gagnaient. Bird détestait partager le lit de quelqu'un. Il ne se rappelait pas comment il avait pu supporter la première année de son mariage, alors que sa femme et lui faisaient lit commun. Finalement, il décida de dormir sur le parquet mais, lorsqu'il bougea, Himiko poussa un gémissement et s'accrocha à lui, sans vraiment s'éveiller, et il renonça à quitter le lit.

Un nouveau soupçon se fit jour dans son esprit : si le médecin et les infirmières donnaient *quand même* du lait au bébé ? Il lui semblait voir le nouveau-né doté de deux têtes et de deux bouches avalant goulûment deux biberons à la fois... Une angoisse égoïste l'envahit de nouveau. Je suis sûr qu'ils sont en train de gaver le bébé...

Le jour allait se lever, mais Bird savait qu'il n'oserait pas faire part à Himiko de sa nouvelle obsession et qu'il retournerait à l'hôpital pour savoir où les choses en étaient.

Bird et le médecin, épaule contre épaule, se penchèrent en silence pour regarder le bébé à travers la cloison vitrée. On l'avait sorti de l'incubateur pour le mettre dans un petit lit ordinaire, et il ne paraissait nullement affaibli, moins encore à l'agonie. Bird eut même l'impression qu'il était plus gros que la veille et que l'excroissance de sa tête, elle aussi, avait grossi. Avec de petits gestes maladroits, il semblait essayer de la toucher.

– Vous croyez que cela le gêne ? demanda Bird.

– Je n'en ai pas la moindre idée, répondit le médecin. La peau est évidemment enflammée. Il se peut que cela le démange. Nous y avons fait une piqûre d'antibiotique mais nous n'avons pas osé recommencer : les tissus pourraient éclater, ce qui entraînerait de nouvelles complications.

Bird ouvrit la bouche pour parler. Il aurait voulu s'assurer que le médecin n'avait pas oublié que lui, le père, souhaitait la mort du bébé – mais il n'osa pas.

– Le moment critique devrait venir aujourd'hui ou demain, dit le médecin.

– Je vous remercie de tout ce que vous faites, murmura Bird à voix basse, comme s'il craignait d'être entendu par le bébé.

Les joues en feu, il salua le médecin et sortit rapidement de la salle.

En refermant la porte derrière lui, il s'en voulut de ne pas avoir parlé. Tandis qu'il s'éloignait, il se rendit compte qu'il avait, pour se frotter la nuque, le même geste que l'enfant. Deux femmes, immobiles dans le couloir, le regardaient d'un air bizarre. Bird eut une nausée et se mit à courir.

Son ami vint à sa rencontre, alors qu'il cherchait une place où ranger la voiture de

Himiko. Il avait une demi-heure de retard. Le visage de son ami traduisait son impatience.

– J'ai emprunté une voiture, dit Bird. Désolé d'être en retard. Tout le monde est là ?

– Il n'y a que nous deux. Les autres sont allés à une manifestation, au parc Hibiya.

Bird se rappela qu'au petit déjeuner Himiko lui avait à nouveau parlé de la bombe soviétique sans qu'il y prêtât attention… Tout ça ne me concerne plus ; j'ai tourné le dos au monde extérieur. Les autres ont raison de manifester : ils n'ont pas à se soucier d'un bébé anormal, eux…

Mais son ami ne semblait pas partager ce point de vue :

– Ce ne sont pas quelques milliers de personnes manifestant au parc Hibiya qui dérangeront M. Khrouchtchev, dit-il d'un ton irrité. Mais aucun des autres ne veut être mêlé à l'affaire Delchev, voilà pourquoi ils ne sont pas venus.

Bird, pensant aux autres membres du groupe, dut reconnaître tout bas que leur attitude se justifiait. Plusieurs travaillaient dans d'importantes entreprises d'exportation, d'autres étaient attachés au ministère des Affaires étrangères ou professeurs d'université. Si les journaux s'emparaient de l'affaire Delchev et en faisaient matière à scandale, leur situation risquait d'être délicate. Aucun d'entre eux n'avait la liberté de Bird, répétiteur en instance de renvoi...

– Qu'allons-nous faire? demanda-t-il à son ami.

– Nous ne pouvons rien faire, sinon refuser la demande d'aide de la légation.

– Toi non plus, tu ne veux pas être mêlé à cette histoire?

Bird avait posé la question sans aucune arrière-pensée, mais son ami rougit et eut l'air offensé. Bird se rendit compte que l'autre s'attendait qu'il fût de son avis.

– Il me semble que nous devrions nous mettre à la place de M. Delchev, dit Bird. C'est peut-être sa dernière chance de n'avoir pas d'ennuis. Si nous ne pouvons le décider à revenir, la police s'en mêlera. Comment pourrions-nous refuser?

– S'il se laisse convaincre par nous, bon, parfait! Mais si l'affaire tournait au scandale, nous serions mêlés à un incident international... Je ne crois pas qu'il soit sage de nous mêler de cette histoire.

Bird sentait que son ami n'avait pas tort, mais les mots «scandale» et «incident international» le laissaient totalement froid. Lui-même était déjà plongé jusqu'au cou dans le scandale de son bébé monstrueux, et l'incident domestique provoqué par cette naissance lui paraissait beaucoup plus grave que n'importe quel incident international. Il n'avait pas peur des pièges qui de toute évidence devaient être tendus autour de la personne de Delchev et il s'avisa, pour la première fois depuis trois jours, de la nouvelle liberté d'action dont il jouissait. L'ironie de la chose l'amusa.

– Si les autres et toi décidez de ne pas répondre à l'appel de la légation, dit-il, je verrai M. Delchev seul. Nous étions de bons amis. Si l'affaire tourne au scandale et si j'y suis mêlé, eh bien, tant pis, je crois que ça m'est égal.

En fait, tout en souhaitant sincèrement venir en aide à Delchev, il ne lui déplaisait pas de se trouver une occupation pendant les deux jours à venir.

Soulagé, son ami lui dit avec une chaleur presque gênante :

– Si tu l'entends ainsi, vas-y ! C'est peut-être la meilleure solution. Pour être franc, j'espérais un peu que tu accepterais de le faire. Les autres se sont tous dégonflés lorsque je leur ai exposé la situation. Toi pas. Bird, je t'admire !

Bird sourit poliment, soucieux de ne pas blesser son ami. Pour l'instant, dès lors qu'il ne s'agissait pas du bébé, sa capacité de détachement était infinie – mais il n'y avait aucune raison, pensa-t-il avec amertume, pour que quelques millions d'habitants de Tokyo, qui n'avaient pas ses soucis, le considérassent comme un objet d'envie.

– Si tu veux, je t'invite à déjeuner, dit joyeusement son ami… Allons d'abord boire quelque chose.

Bird acquiesça et ils gagnèrent ensemble le restaurant. Alors qu'ils étaient assis depuis un moment, l'ami de Bird lui demanda :

– Dis donc, Bird, d'où t'est venue cette habitude de te frotter la nuque ?

Au coin de l'étroite ruelle qui s'ouvrait comme une brèche entre un restaurant coréen et un bar, Bird se demanda s'il n'y avait pas une autre issue à ce labyrinthe. S'il en croyait le croquis dessiné par son ami, la ruelle était une impasse. Comment un homme en fuite pouvait-il se terrer dans un tel endroit ? M. Delchev se sentait-il à ce point traqué qu'il n'avait pu trouver d'autre refuge ? Mais il était plus probable qu'il ne s'y trouvât déjà plus…

Bird s'enfonça dans l'impasse et s'arrêta un instant devant la porte de la maison meublée de triste apparence pour s'éponger le front. Ses chaussures à la main, il entra. Le mur de droite du corridor était couvert de graffiti. À gauche, il y avait toute une série de portes, pareilles à des portes de cellule de prison. Bird s'avança, vérifiant les numéros. Derrière chaque porte, il devinait la présence d'êtres humains. Comment faisaient-ils pour se défendre contre la chaleur étouffante de ce début d'après-midi ? Himiko n'était-elle qu'une représentante d'une tribu dont les membres s'enfermaient à double tour pendant toute la journée ? Au bout du corridor, il y avait un étroit escalier. Bird allait l'emprunter lorsqu'il sentit une présence derrière lui. Une énorme femme, plantée au milieu du corridor, le regardait avec méfiance.

– Qu'est-ce que vous cherchez ? lui demanda-t-elle d'un ton hostile.

– Je suis venu voir un de mes amis, un étranger, répondit timidement Bird.

– Un Américain ?

– Il vit avec une Japonaise...

– Pourquoi vous ne le disiez pas ? L'Américain, c'est la première chambre à l'étage au-dessus.

La femme disparut. Si Delchev était l'« Américain » en question, il avait de toute évidence conquis les bonnes grâces de la géante...

Bird monta l'escalier. Sur le palier exigu, il se trouva nez à nez avec Delchev, les bras ouverts pour l'accueillir bien qu'il parût très surpris de le voir.

Bird posa ses chaussures contre le mur et serra la main de Delchev. Celui-ci faisait songer à un coureur à pied : il n'était vêtu que d'un short bleu et d'un maillot de corps. Ses cheveux roux étaient coupés très court mais il arborait toujours une épaisse moustache, rousse également. Rien dans son attitude ne donnait à penser qu'il était un homme en fuite – sinon peut-être la puissante odeur de son corps, surprenante chez un homme aussi mince. Sans doute n'avait-il pas eu la possibilité de prendre un bain depuis qu'il se terrait là.

Delchev expliqua à Bird, en mauvais anglais, que son amie venait de sortir pour aller chez le coiffeur, puis il l'invita à entrer, mais Bird se récusa, prétextant qu'il avait les pieds sales. En fait, il avait une peur irraisonnée de se trouver prisonnier dans la chambre de Delchev, dont l'unique fenêtre était condamnée par un volet de bois.

– Monsieur Delchev, dit-il, soucieux de remplir sa mission, votre légation demande que vous reveniez immédiatement.

– Il n'en est pas question, dit Delchev en souriant. Mon amie tient à ce que je reste avec elle.

– Je suis le dernier messager prévu. Si vous ne m'écoutez pas, ce sera quelqu'un de la légation qui viendra, ou peut-être la police japonaise.

– Je doute fort que la police intervienne. Je vous rappelle que je suis toujours diplomate.

– Peut-être. Mais si ce sont les gens de la légation qui viennent vous chercher, vous serez renvoyé dans votre pays.

– Oui, je m'y attends. J'ai causé des ennuis, donc on m'affectera à un poste moins important, ou je serai mis à pied, je sais cela.

– Il vaudrait mieux retourner à la légation de votre plein gré, monsieur Delchev.

– Pas question. Je vous l'ai dit : mon amie désire que je reste ici.

– Vous n'avez donc pas fait cela pour des motifs politiques ? Vous vous cachez ici uniquement à cause de votre amie ?

– Oui, uniquement.

– Vous êtes un homme étrange, monsieur Delchev…

– Pourquoi ?

– Votre amie parle-t-elle anglais ?

– Non. Nous nous comprenons sans nous parler.

– Eh bien… dans ce cas, il ne me reste qu'à transmettre votre décision. Les gens de la légation viendront vous chercher…

– Que voulez-vous que j'y fasse ? S'ils m'emmènent contre ma volonté, je pense que mon amie comprendra.

Bird baissa la tête. Sa mission avait échoué. Comme il allait reprendre ses chaussures, Delchev lui demanda :

– Votre bébé est-il né, Bird ?

– Oui, mais il est anormal. Il a une hernie cérébrale – on dirait presque qu'il a deux têtes. J'attends qu'il meure…

Le sourire de Delchev s'effaça.

– Vous attendez qu'il meure ? Mais il faut l'opérer !

– Même si on l'opérait, il n'y aurait pas une chance sur cent de le voir devenir normal, dit Bird avec accablement.

Pourquoi avait-il éprouvé le besoin de parler de cela ?

– Dans une lettre à son père, dit Delchev, Kafka a écrit que la seule chose qu'un père ou une mère puisse faire pour un enfant c'est l'accueillir avec affection lorsqu'il vient au monde… Pourquoi rejeter ce bébé ? L'égoïsme d'un père n'est pas plus excusable que les autres, Bird !

Bird se sentit rougir – cela devenait décidément une habitude. Mais, cette fois, le coup était inattendu, venant de cet homme en qui, jusqu'alors, il n'avait vu qu'un étranger excentrique impliqué dans une aventure absurde.

– Pauvre petit! murmura Delchev.

Bird le regarda, et comprit qu'il ne parlait pas du bébé mais de lui.

Comme il allait partir, Delchev lui offrit, en souvenir, un petit dictionnaire de sa langue. Bird lui demanda de le lui dédicacer. Delchev écrivit un seul mot, signa et dit à Bird :

– Dans mon pays, ce mot signifie «espoir».

En sortant de l'impasse, Bird croisa une petite Japonaise. Elle sortait visiblement de chez le coiffeur. Son visage était d'une pâleur malsaine. Bird fut sur le point de lui parler, mais il y renonça et c'est en courant qu'il regagna l'endroit où il avait laissé la voiture de Himiko. C'était l'heure la plus chaude de la journée. Dans toute la ville, il était sans doute le seul à courir.

11

Le dimanche matin, en s'éveillant, Bird constata avec étonnement que la fenêtre de la chambre à coucher était grande ouverte. Dans le living-room, un aspirateur ronronnait. Habitué à la pénombre de la maison, Bird se sentit gêné par cette lumière inaccoutumée et par sa propre nudité. Il enfila hâtivement son pantalon, mit sa chemise et passa dans le living-room.

– Bonjour, Bird ! lui dit gaiement Himiko.

Elle avait la tête entourée d'une serviette de toilette et maniait l'aspirateur avec vigueur. Son visage paraissait plus jeune.

– Mon beau-père est venu me voir, dit-elle. Il est allé faire un tour, pendant que je me consacre au ménage.

– Je ferais mieux de m'en aller, dit Bird.

– Pourquoi t'enfuir ?

– J'ai l'impression de me cacher, ces jours-ci. Quand on se cache, on évite les inconnus...

– Mon beau-père sait que des hommes passent souvent la nuit ici. Cela ne l'a jamais choqué. Je crois qu'il serait beaucoup plus vexé s'il savait qu'un de mes amis s'est enfui pour ne pas le voir.

– OK. Dans ce cas, je vais me raser.

Il retourna dans la chambre à coucher. La réaction de Himiko l'avait surpris. Il se rendit compte que, depuis le moment où il s'était installé chez elle, il n'avait pensé qu'à lui-même et n'avait vu en elle qu'une figurante de son drame personnel. Il était devenu une chrysalide égoïste, convaincue de ses prérogatives de chrysalide et ne voyant que les parois intérieures de son cocon...

Lorsqu'il eut fini de se raser, il se regarda longuement dans le miroir. Son visage blême lui parut avoir pris des rides nouvelles, et pas seulement parce qu'il avait maigri.

En revenant dans le living-room, il dit à Himiko :

– Depuis que je me suis accroché à toi, je n'ai pas cessé de me conduire comme un monstre d'égoïsme. J'ai même fini par trouver cela normal.

– Me ferais-tu des excuses ? demanda Himiko d'un ton malicieux.

– J'ai dormi dans ton lit, je t'ai laissée me nourrir, je t'ai même fait supporter mes propres chaînes. Je n'en avais pas le droit – et pourtant je me suis senti ici comme chez moi.

– Tu veux t'en aller? dit Himiko d'un air inquiet.

Bird la regarda et un sentiment nouveau l'envahit : jamais plus, il le savait, il ne trouverait sur son chemin un être avec lequel il se sentirait aussi bien. Un goût de regret lui vint à la bouche.

– Même si tu dois finir par partir, reste encore un peu, Bird…

Il alla s'étendre sur le lit, les yeux fermés, les mains sous la tête, pour savourer seul sa gratitude.

Assis autour de la table du living-room où l'ordre régnait enfin, Bird, Himiko et son beau-père parlèrent de l'Afrique, de ses nouveaux chefs d'État et de la grammaire swahili. Himiko alla chercher la carte d'Afrique et l'étala sur la table. Son beau-père demanda brusquement :

– Pourquoi n'iriez-vous pas faire un voyage en Afrique, tous les deux? Si Himi vendait cette maison, vous auriez tout l'argent nécessaire…

– Ce n'est pas une mauvaise idée, dit Himiko en regardant Bird. Cela te ferait oublier cette triste histoire, Bird. Et moi, j'oublierais peut-être le suicide de mon mari…

– Exactement, dit son beau-père. Cela te ferait beaucoup de bien.

Abasourdi par cette suggestion inattendue, Bird se sentit gagné par la panique.

– Je ne pourrais pas faire ça, dit-il en soupirant.

– Pourquoi pas ?

– Aller en Afrique pour oublier que mon bébé est mort… ce serait trop facile. Non, je ne pourrais pas.

– Bird est un jeune homme extrêmement moral, dit Himiko avec une nuance de dérision dans la voix.

Bird rougit violemment et prit un air de reproche. Si le beau-père de Himiko avait suggéré ce voyage en Afrique uniquement avec le souci de l'arracher au fantôme de son mari, il savait qu'il aurait eu l'hypocrisie d'accepter. Mais il eût aimé le lui entendre dire en ces termes. Himiko devina ses pensées.

– Bird devra rejoindre sa femme dans une huitaine de jours, dit-elle très vite.

– Oh, j'avais oublié…, dit son beau-père. Si je vous ai fait cette suggestion, c'est parce que je n'avais pas vu Himi d'aussi bonne humeur depuis la mort de mon fils. J'espère que vous ne m'en voulez pas ?

Bird regarda avec étonnement le vieil homme. Il était petit, complètement chauve, sa tête rappelait un peu celle d'une otarie et son expression sereine ne traduisait rien de ses pensées. Bird ne trouva rien à répondre et se contenta de sourire vaguement, en s'efforçant de dissimuler la déception qui lui serrait la gorge.

Le soir, Bird et Himiko firent longuement l'amour, silencieusement, paresseusement, comme des animaux nonchalants. Pour eux, à présent, l'acte sexuel faisait partie de la vie quotidienne et Bird avait l'impression qu'il couchait avec Himiko depuis cent ans. Il n'était plus paralysé par des craintes obscures, par des répugnances irrationnelles, et la simplicité avec laquelle Himiko cherchait et accueillait le plaisir avait quelque chose de reposant. Il se rappelait combien c'était différent avec sa femme, leur timidité, leur constant malaise. Après plusieurs années de mariage, ils continuaient à se heurter aux mêmes obstacles psychologiques, chaque fois qu'ils faisaient l'amour. Bird avait toujours l'impression de violer maladroitement sa femme et celle-ci, tendue, s'efforçant de surmonter son dégoût, semblait toujours sur le point de le repousser, de se battre avec lui. Cela finissait invariablement de la même manière : ou bien ils se disputaient et se séparaient, insatisfaits l'un et l'autre, ou bien Bird se dépêchait d'en finir, avec le sentiment odieux de recevoir l'aumône. Il en était venu à espérer que la naissance du bébé transformerait leur vie sexuelle, et maintenant…

Après avoir amené plusieurs fois Himiko jusqu'à l'orgasme, Bird allait se laisser aller à son tour au plaisir, bien qu'il craignît la longue nuit qui suivrait, lorsque le téléphone sonna. Himiko voulut le retenir en elle, mais il s'arracha à son étreinte et courut dans le living-room.

C'était un jeune homme, un interne de l'hôpital, qui lui transmit le message du médecin.

– Le docteur voulait vous appeler plus tôt, mais nous avons été débordés et il est épuisé. Il me charge de vous demander de venir à l'hôpital demain matin à onze heures, au service chirurgical.

Bird respira profondément et pensa : « Le bébé est mort… On va procéder à l'autopsie. »

– Très bien, dit-il. Je serai là à onze heures. Je vous remercie.

Le bébé était mort! Mais pourquoi le médecin était-il épuisé? Les choses avaient-elles donc été si compliquées? Tremblant de la tête aux pieds, Bird rejoignit Himiko, le lit de Himiko, son seul refuge, et il la reprit. Cette fois, il atteignit en quelques secondes à un plaisir morose et s'écroula à côté de Himiko.

– Le bébé? demanda-t-elle.

– Oui, c'est fini. Mais on dirait que ça n'a pas été tout seul... Ils me demandent de passer demain matin.

– Tu devrais prendre un somnifère et dormir. Il n'y a plus rien à attendre, maintenant, dit-elle doucement.

Elle alluma la lampe de chevet et alla dans la cuisine. Bird, ébloui par la lumière, se couvrit les yeux d'une main qui tremblait encore. Pourquoi le bébé mourant avait-il retenu si longtemps le médecin? Himiko revint, lui tendant un verre de whisky et plusieurs comprimés, qu'il avala d'un trait.

– Il y en avait pour nous deux, dit-elle.

– Excuse-moi.

Elle se recoucha près de lui.

– En attendant que tu t'endormes, dit-elle, je vais te raconter une histoire. C'est un passage de ce roman africain. Tu n'as pas lu le chapitre sur les démons pirates?

Bird secoua la tête.

– Lorsqu'une femme est enceinte, les démons pirates désignent l'un d'entre eux, qui se glisse dans la maison de la future mère. La nuit venue, il prend la place du fœtus et c'est ainsi que, le jour de la naissance, c'est un démon déguisé en bébé qui vient au monde.

Bird écoutait en silence. D'après la légende, ces bébés démons particulièrement beaux ne vivaient pas longtemps. Lorsqu'ils mouraient et qu'on les enterrait, le démon reprenait sa forme véritable, s'échappait du cimetière et regagnait le repaire des démons pirates en emportant toutes les offrandes que la mère avait faites pour la guérison de son enfant.

– … Les Africains appellent ces bébés les «bébés-nés-pour-mourir», conclut Himiko.

Bird raconterait un jour cette histoire à sa femme… Et puisque notre bébé est de toute évidence «né pour mourir», se dit-il, elle l'imaginera particulièrement beau. Moi-même, mon souvenir de lui en sera transformé – et ce sera le plus énorme de tous mes mensonges, car mon bébé est né horrible, on aurait dit qu'il avait deux têtes…

Il s'assoupit, en se frottant la nuque.

Himiko regarda longuement le visage crispé de son ami endormi. Elle se demandait s'il n'avait pas mal interprété le coup de téléphone de l'hôpital. Peut-être signifiait-il au contraire que l'enfant n'était *pas* mort, qu'on avait réussi à le nourrir normalement, qu'il était en voie de guérison? Et si c'était pour décider une opération qu'on avait convoqué Bird? En tout état de cause, cette nuit de sommeil signifierait pour lui quelques heures de répit…

Himiko quitta le lit aussi doucement que possible, s'entoura d'un drap comme d'une toge et alla dans le living-room. Elle avait l'intention d'étudier les cartes d'Afrique jusqu'au lever du soleil.

Soudain conscient de son erreur, Bird rougit de colère, comme si l'on se fût moqué de lui.

Il venait d'entrer dans le bureau du directeur adjoint de l'hôpital, où l'attendaient plusieurs jeunes médecins, dont le pédiatre qu'il connaissait déjà et un vieux professeur à l'air aimable et assuré. C'est en les voyant que Bird avait compris. En s'asseyant au milieu des médecins, il eut l'impression d'être un bagnard qu'on aurait ramené à sa prison après une tentative d'évasion manquée. Ces hommes – ses gardiens – ne s'étaient-ils pas arrangés pour l'attirer dans un piège par un coup de téléphone ambigu?

Comme il restait silencieux, le pédiatre le présenta :

– Voici le père du bébé…

Puis il se retira dans un coin de la pièce, avec un sourire embarrassé. Le professeur avait dû s'étonner du régime auquel on avait mis le bébé, et le jeune médecin avait probablement trahi Bird.

– J'ai examiné votre enfant hier et aujourd'hui, dit le chirurgien. Je pense que nous serons en mesure de l'opérer si son état ne s'aggrave pas.

« Tiens bon ! » se dit Bird, résistant à la panique qui le gagnait. Il *devait* résister à ces salauds, se protéger contre cette monstruosité, leur défendre d'opérer – sans quoi le bébé envahirait son univers comme une armée d'occupation…

– Si vous l'opérez, demanda-t-il machinalement, y a-t-il une chance qu'il grandisse normalement ?

– Il est encore impossible de le dire avec certitude.

Bird se raidit. On ne se moquerait pas de lui impunément. Tel un tigre en cage, il se prépara à bondir vers l'issue qui s'offrirait à lui.

– Quelle est l'hypothèse la plus vraisemblable ? demanda-t-il.

– Je vous répète qu'on ne peut rien dire avant l'opération.

– Dans ce cas, dit Bird, sans rougir cette fois, je crois que je préfère que vous ne l'opériez pas.

Tous les médecins le regardèrent, semblant retenir leur souffle. Bird, à présent, se sentait capable de tout – mais le chirurgien ne se laissa pas désarçonner.

– Dois-je comprendre que vous êtes disposé à l'emmener avec vous ? demanda-t-il.

– Oui, dit Bird sans hésiter.

– Dans ce cas, inutile de discuter davantage, dit le chirurgien sans dissimuler sa réprobation.

Bird se leva, les autres également. Fin du match, pensa Bird. J'ai eu raison du petit monstre...

Dans le couloir, le jeune pédiatre lui demanda d'un ton hésitant :

– Vous allez vraiment l'emmener ?

– Je viendrai le prendre cet après-midi.

– N'oubliez pas d'apporter quelque chose pour le couvrir.

Bird se hâta de quitter l'hôpital. À cause du ciel éclatant, sans doute, et de ses lunettes de soleil, Himiko, qui l'attendait dans la voiture, lui parut affreuse.

– C'était une erreur, dit-il. J'ai été ridicule.

– C'est ce que je craignais…

– Pourquoi ? demanda-t-il brutalement.

– Je ne sais pas. Un pressentiment…

– J'ai décidé d'emmener le bébé.

– Où cela ? À la clinique ou chez toi ?

Bird éprouva une soudaine consternation. Il n'avait même pas envisagé ce qu'il ferait ensuite ; il s'était borné à tenir tête aux médecins qui voulaient se faire la main sur le petit monstre et ensuite le lui laisser sur les bras pour le reste de sa vie. La clinique n'accepterait jamais de reprendre cette charge dont elle avait réussi à se débarrasser – et si Bird ramenait le bébé à son appartement, il lui faudrait affronter la curiosité bienveillante de sa propriétaire. S'il continuait, chez lui, à nourrir le bébé d'eau sucrée, la faim le ferait hurler à la mort et ameuter tout le voisinage. Et s'il mourait après quelques jours de ce régime, quel médecin consentirait à signer le certificat de décès ? Bird se voyait déjà arrêté pour infanticide, avec son nom dans tous les journaux…

– Tu as raison, dit-il avec accablement. Je ne peux le conduire nulle part.

– Si tu n'as aucun projet précis…

– Eh bien ?

– Je me demandais si nous ne pourrions pas nous adresser à un médecin que je connais. Je suis sûre qu'il serait prêt à nous aider… J'ai eu recours à lui pour me faire avorter.

Bird se sentit à nouveau dans la situation d'un soldat décidé à se défendre seul contre l'ennemi qui avait tué ses camarades.

– S'il est d'accord, moi aussi, dit-il.

Avec une lassitude anormale dans la voix, Himiko ajouta :

– Naturellement, si nous faisons appel à lui, cela signifiera que nous deviendrons complices d'un meurtre…

– Pas *nous*, dit Bird. Moi seul.

Pour une fois, au moins, il s'était libéré d'un mensonge, pensa-t-il sans joie. C'était comme s'il eût fait un pas de plus vers sa prison.

– Non, Bird, *nous*… Tu verras. Cela ne t'ennuie pas de conduire ?

Il se rendit compte de l'extrême tension de Himiko. Après avoir pris place au volant, il la regarda dans le rétroviseur : son visage était blême, ses lèvres décolorées. Mais lui-même ne devait pas faire meilleure figure… Il démarra brutalement.

– Le docteur en question, Bird… C'est le petit homme à la tête pointue qui est venu m'appeler la première nuit que tu as passée chez moi. Tu te souviens ?

– Oui, je me souviens.

– Quand nous lui aurons téléphoné, nous prendrons nos dispositions pour aller chercher le bébé.

– Le médecin m'a dit d'apporter des vêtements.

– Si nous passions chez toi ? Il doit y avoir ce qu'il faut.

– Non, j'aimerais mieux pas…

Bird se rappelait avec une cruelle précision les préparatifs auxquels avait donné lieu la prochaine naissance de l'enfant, et l'idée le glaçait de revoir le berceau blanc, la table de toilette et le reste.

– Je comprends, dit Himiko. Ta femme ne te pardonnerait jamais d'avoir utilisé les affaires du bébé pour…

Oui, il y avait aussi cela… Mais qu'est-ce que cela changerait ? Il suffirait à sa femme de savoir que son bébé était mort pour qu'elle ne lui pardonne jamais. À présent que la chose était décidée, il serait incapable de défendre leur vie conjugale avec de vagues mensonges.

À un carrefour, un feu rouge l'obligea à s'arrêter.

– D'où veux-tu téléphoner ? demanda-t-il.

Il avait l'impression d'être un criminel en fuite.

– De l'épicerie, près de la maison. Nous en profiterons pour acheter le déjeuner.

– Si tu veux… Tu crois que ton ami acceptera de nous aider?

– Il a un air innocent, dit Himiko, mais il a fait des choses dont tu n'as aucune idée. Par exemple…

Elle se tut brusquement et se mordit la lèvre inférieure, comme si elle n'avait pas le courage de raconter les horreurs perpétrées par son ami. Une nausée serra la gorge de Bird.

– Nous déjeunerons un autre jour, dit-il. Mieux vaut penser à ce que nous devons acheter pour le bébé. Le plus simple serait d'aller dans un grand magasin.

– J'irai seule, Bird. Tu m'attendras dans la voiture.

– J'aime autant… Lorsque ma femme a su qu'elle était enceinte, nous sommes allés faire des achats de ce genre. C'était sinistre, toutes ces femmes enceintes et ces gosses qui pleuraient.

Ils restèrent un moment silencieux, puis Bird dit :

– Lorsque le bébé sera mort et ma femme rétablie, je pense que nous divorcerons. Alors je serai vraiment un homme libre – d'autant que je n'ai plus de situation. C'est curieux, il y a des années que je rêvais de cela, et cela ne me fait même pas plaisir…

– Bird, lorsque tu seras libre… ne pourrions-nous pas vendre la maison et aller en Afrique ensemble, comme l'a suggéré mon beau-père ?

L'Afrique, enfin ? Mais Bird n'était plus capable d'imaginer qu'une Afrique désolée, sans saveur. C'était la première fois que cela lui arrivait depuis qu'il était gamin. Un homme libre, sans joie, au milieu d'un Sahara gris… Cet homme avait assassiné un nouveau-né sur une île qui était à des milliers de kilomètres de là, puis il s'était enfui et il avait parcouru toute l'Afrique, incapable d'y capturer ne fût-ce qu'un sanglier, ne fût-ce qu'une musaraigne – et il était planté là, bêtement, au milieu du Sahara…

– En Afrique ? dit-il d'un air absent.

– Tu n'es pas dans ton état naturel, en ce moment, Bird. Tu es comme un escargot dans sa coquille. Mais tu te réveilleras dès que tu mettras le pied sur la terre d'Afrique.

Il ne répondit pas.

– Tes cartes m'ont fascinée, poursuivit Himiko. Je veux que tu divorces pour que nous puissions aller là-bas ensemble et les utiliser. La nuit dernière, pendant que tu dormais, j'ai passé des heures à les étudier. Je crois bien que tu m'as communiqué ta passion… et maintenant je veux que tu te libères, j'ai besoin que tu sois un homme libre. Tu n'étais pas d'accord, tout à l'heure, quand je disais que *nous* sommes des complices, mais tu avais tort. Nous irons en Afrique ensemble, n'est-ce pas, Bird ?

– Si c'est ce que tu souhaites, dit Bird avec effort.

– Nos rapports ont d'abord été uniquement sexuels. Tu as trouvé en moi un refuge contre ton angoisse et ta honte. Mais la nuit dernière, en me découvrant cette nouvelle passion pour l'Afrique, j'ai compris qu'un autre lien s'était noué entre nous, Bird. Nous nous sommes rejoints sur un autre plan. Avoir la même passion : c'est une chose que j'ai toujours espérée, et maintenant je l'ai trouvée ! C'est pour cela que je t'ai parlé de mon ami médecin : je veux que nous nous salissions les mains *ensemble*...

Le pare-brise sembla brusquement se fendiller : il pleuvait. Le ciel s'assombrit comme si le crépuscule était brusquement tombé.

– Y a-t-il un moyen de couvrir la voiture ? demanda Bird. Sinon, le bébé sera trempé...

12

Lorsque Bird eut fini d'ajuster la capote noire, il s'avisa que le vent qui soufflait dans la ruelle sentait la saucisse chaude et l'ail brûlé. Faire frire un peu d'ail dans du beurre, y mettre la saucisse et ajouter un peu d'eau : c'était une recette que lui avait apprise M. Delchev… Bird se demanda ce qu'il était devenu, celui-là. Sans doute l'avait-on contraint à quitter son amie japonaise et à regagner la légation. Avait-il tenté de résister, dans leur repaire du fond de l'impasse ? Son amie avait-elle crié ? Mais ils avaient dû finir par se soumettre…

Bird regarda la voiture de sport. Avec sa carrosserie écarlate et sa capote noire, elle faisait songer à une plaie croûteuse. Le dégoût fit frissonner Bird. Le ciel était sombre, l'air humide et mou. Le vent soufflait par bourrasques. Par-dessus les toits des maisons basses, le feuillage ruisselant des arbres était d'un vert foncé mais intense. Bird avait le sentiment absurde que ce n'était pas le bébé mais lui qui allait mourir aux mains d'un louche avorteur.

Il mit les affaires du bébé derrière le siège avant. Himiko s'était donné la peine d'acheter des vêtements de laine, des chaussettes et même un petit bonnet. Cela lui avait pris près d'une heure, pendant laquelle Bird l'avait attendue dans la voiture. Il avait même commencé à se demander si elle ne l'avait pas abandonné. Pourquoi s'était-elle donné tant de mal pour choisir les vêtements d'un bébé qui allait mourir ? Les femmes avaient de curieux soucis…

– Le déjeuner est prêt, Bird, lui cria-t-elle par la fenêtre de la chambre à coucher.

Il la trouva dans la cuisine, en train de manger une saucisse. L'odeur de l'ail lui souleva le cœur.

– Si tu n'as pas faim, dit-elle, pourquoi ne pas prendre une douche ?

– Je crois que c'est ce que je vais faire.

D'habitude, une douche chaude le remettait d'aplomb, mais cette fois il n'en fut rien. Les yeux fermés, il se frotta la tête, derrière les oreilles – comme le bébé. Himiko le rejoignit sous la douche, un bonnet de bain protégeant ses cheveux, et elle entreprit de se laver.

Tandis que Bird s'essuyait, il entendit un bruit sourd, au-dehors. Il alla à la fenêtre et vit que la voiture était bizarrement inclinée, tel un bateau sur le point de couler. L'une des roues avant avait disparu… Bird se rhabilla hâtivement et sortit. Il y avait des traces de pas dans la boue de la ruelle. Quelqu'un avait soulevé la MG avec un cric, ôté l'une des roues et brisé un phare. Le cric, sous la voiture, ressemblait à un bras cassé.

– On a volé une roue! cria Bird à Himiko, toujours sous la douche. J'espère que tu en as une de rechange?

– Oui, dans le coffre arrière.

– Qui a pu faire cela?

– Je parie que c'est le garçon qui est venu l'autre nuit. Quand il est en colère, il est capable de tout. Il doit se cacher quelque part et nous guetter.

Himiko avait l'air de trouver la chose presque normale.

– Si nous faisons comme si de rien n'était, ajouta-t-elle, je parie qu'il pleurera de rage. Essayons…

– À condition que la voiture soit en état de rouler, dit Bird…

Il remplaça la roue manquante, après quoi il se retrouva plus sale et plus suant qu'avant sa douche. Le moteur semblait tourner normalement. Ils seraient peut-être un peu en retard, mais tout serait probablement terminé avant la nuit et ils n'auraient pas à se soucier du phare brisé. Il eut envie de reprendre une douche, mais Himiko était prête à partir – et à présent il était tellement énervé que le moindre retard lui aurait paru insupportable.

Lorsqu'ils sortirent de la ruelle, quelqu'un lança des cailloux sur la voiture.

– Viens avec moi, demanda Bird à Himiko qui était restée dans la voiture.

Ils se dirigèrent vers la salle que Bird connaissait bien. Une espèce de tension régnait dans l'hôpital, due sans doute à la pluie, au vent, à l'orage qui grondait encore dans le lointain. En suivant le couloir, le panier sous le bras, Bird se demanda ce qu'il allait dire aux infirmières pour expliquer sa décision – mais apparemment on savait qu'il allait venir reprendre le bébé et personne ne lui posa de questions.

– Vous voudrez bien porter cette fiche au bureau et régler les frais d'hospitalisation, dit l'infirmière de garde. Pendant ce temps, je vais prévenir le médecin de service.

– J'ai apporté des vêtements pour le bébé...

– Donnez-les-moi.

L'infirmière ne dissimulait pas sa réprobation.

Elle examina les vêtements un à un et rendit à Bird le petit bonnet, qu'il mit dans sa poche.

– Il faut que j'aille au bureau, dit-il à Himiko qui n'avait rien remarqué.

– Je vais avec toi.

Elle paraissait redouter de rester seule. Aucun des deux n'avait osé tourner les yeux vers la cloison vitrée derrière laquelle se trouvaient les nouveau-nés.

Au guichet de la réception, la jeune fille à qui Bird avait remis la fiche lui demanda de la signer et lui dit :

– Je vois que vous nous quittez... Félicitations! Quel nom avez-vous donné à l'enfant?

– Nous... nous ne savons pas encore.

– Il nous faudra pourtant un nom pour nos dossiers, dit la jeune fille.

Un nom! Cette idée troublait profondément Bird. Donner un nom au petit monstre, ce serait le rendre plus humain, reconnaître son existence en tant qu'être humain, faire de sa mort une chose moins anonyme.

– Il n'y a pas de mal à ça, Bird, dit Himiko.

– Appelez-le Kikuhiko, dit Bird en songeant aux propos de sa femme.

Et il indiqua à la jeune fille quels caractères employer. Elle fit un rapide calcul et lui rendit presque toute la somme qu'il avait déposée à titre de garantie : le bébé n'avait pris que du lait coupé et de l'eau sucrée et n'avait exigé que peu de soins.

En regagnant la salle de garde, Bird dit à Himiko :

– Cet argent, c'est celui que j'avais économisé pour aller en Afrique. Et voilà que, maintenant que j'ai décidé de tuer le bébé et d'aller en Afrique avec toi, on me le rend…

– Eh bien, cela nous permettra d'aller vraiment en Afrique ! dit Himiko d'un ton léger. Bird, ce nom : Kikuhiko… Je connais un Kikuhiko, dont le nom s'écrit de la même manière. Il tient un bar pour homosexuels.

– Quel âge a-t-il ?

– C'est difficile à dire quand il s'agit de travestis… Peut-être quatre ou cinq ans de moins que toi.

– Je parie que c'est celui que j'ai connu il y a quelques années. Sous l'occupation, il a eu une histoire avec un officier américain et il a quitté Tokyo.

– Curieuse coïncidence… Pourquoi n'irions-nous pas le voir… après ?

Après, pensa Bird… Après avoir livré le bébé à un avorteur. Il se rappelait la manière dont il avait abandonné son jeune ami Kikuhiko, une nuit, dans une ville de province – et maintenant l'enfant qu'il allait abandonner s'appelait aussi Kikuhiko. Un instant, il eut envie de retourner au bureau et de donner un autre nom, mais il y renonça. Comme pour se punir lui-même, il dit à Himiko :

– C'est ça; nous passerons la nuit à boire au bar de Kikuhiko. Il faut arroser l'événement...

Le bébé qui s'appelait Kikuhiko les attendait, tout habillé, dans le panier que Himiko avait acheté à son intention. Près de lui se tenait le pédiatre de service. Bird devina le choc qu'éprouvait Himiko en voyant le nouveau-né. L'excroissance de sa tête semblait avoir encore grossi. Elle était plus rouge que le visage du bébé, luisante, tumescente. À présent qu'il avait les yeux ouverts, celui-ci avait un visage ratatiné de vieil ermite, mais son expression n'était pas tout à fait humaine.

– Il ne te ressemble pas, murmura Himiko d'une voix rauque.

– Il ne ressemble à personne. Il n'a même pas l'air humain.

– N'exagérons rien..., dit le pédiatre d'un ton de reproche.

– Avez-vous fait le nécessaire, au bureau? demanda l'infirmière.

– Tout est réglé.

– Dans ce cas, vous pouvez l'emmener.

– Vous êtes sûr de n'avoir pas changé d'avis? demanda le médecin.

– Tout à fait sûr. Je vous remercie pour tout.

– Ne me remerciez pas. Je n'ai rien fait.

Le jeune médecin avait rougi, comme s'il eût regretté d'avoir parlé aussi sèchement, et il ajouta d'une voix indifférente, comme celle de Bird :

– Eh bien, au revoir, et bonne chance!

Dans le couloir, les malades, surpris par l'air furieux de Bird, s'écartèrent pour les laisser passer, avec un sourire gêné.

– Bird, ce médecin ou une des infirmières pourrait avertir la police, dit Himiko d'une voix inquiète.

– Pas de danger, répliqua durement Bird. N'oublie pas qu'ils ont eux-mêmes essayé de le faire mourir en ne lui donnant que de l'eau sucrée…

Ils approchaient de l'entrée principale et Bird se rendit compte qu'il lui serait impossible de dissimuler le bébé à la curiosité des malades et des visiteurs. Il avait l'impression d'être un joueur de rugby courant, avec le ballon dans les bras, vers les buts adverses défendus par une équipe au grand complet

– Le bonnet est dans ma poche, dit-il à Himiko. Prends-le et couvre-lui la tête.

Elle lui obéit. Il vit que ses mains tremblaient.

– Quel joli bébé! dit une femme d'un certain âge. Un vrai petit ange…

Bird ne broncha pas.

La pluie avait recommencé à tomber. Bird monta dans la voiture et mit le panier sur ses genoux. Himiko s'assit au volant et démarra brutalement.

– Quelle heure est-il? demanda-t-elle.

Bird regarda sa montre. Il avait dû oublier de la remonter. Depuis trois jours, il vivait hors du temps.

– Ma montre est arrêtée, dit-il.

Himiko appuya sur le bouton de la radio. Un journaliste commentait la reprise des expériences atomiques soviétiques et de ses répercussions. La Ligue japonaise contre la guerre nucléaire approuvait la décision des Russes, mais des dissensions se manifestaient déjà dans son sein et les victimes de Hiroshima avaient protesté contre l'attitude de la Ligue. Comment pouvait-on parler d'une arme atomique «propre»? Et même si les expériences soviétiques étaient effectuées dans le désert sibérien, comment pouvait-on imaginer qu'une bombe à hydrogène pût être inoffensive? Himiko tourna le bouton pour capter un autre poste. De la musique populaire – un interminable tango. Himiko éteignit l'appareil et dit à Bird :

– Tu as entendu? On dirait que la Ligue a eu peur de protester.

– Oui, on dirait, répondit Bird avec indifférence.

– Tu crois qu'il puisse y avoir des gens qui souhaitent une guerre nucléaire – je veux dire qui souhaitent la disparition de l'humanité, pour des raisons qui leur échappent à eux-mêmes?... Dans le nord de l'Europe, il existe un petit animal qu'on appelle le lemming. Il paraît que, parfois, les lemmings se suicident par milliers. Je me demande s'il n'y a pas des hommes qui ressemblent aux lemmings...

– Les Nations unies devraient mettre au point un programme pour les dépister, répondit Bird, du même ton.

Il faisait de plus en plus chaud dans la voiture. Bird essaya d'écarter un coin de la vieille capote noire.

– Tu n'y parviendras pas, dit Himiko. Il vaut mieux nous arrêter un moment et ouvrir la portière.

Au même instant, Bird vit sur la chaussée, juste devant la voiture, un oiseau mort.

Himiko le vit aussi et, pour éviter de l'écraser, donna un coup de volant. La voiture dérapa sur le sol mouillé et une des roues s'enfonça dans une ornière. Les deux mains de Bird se heurtèrent au tableau de bord mais il ne lâcha pas le panier. Lorsque nous arriverons à destination, pensa-t-il, je serai couvert de bleus.

– Excuse-moi, dit Himiko.

– Ce n'est rien.

Pour la première fois depuis qu'ils avaient quitté l'hôpital, Bird regarda le bébé. Son visage était de plus en plus rouge et il semblait respirer avec difficulté. Était-il en train d'étouffer ? Pris de panique, Bird secoua le panier et, brusquement, le nouveau-né se mit à crier d'une voix incroyablement aiguë. Bird faillit lui mettre une main sur la bouche pour le faire taire.

– On a toujours l'impression que les cris d'un bébé signifient quelque chose, dit Himiko. C'est possible, après tout...

– Encore heureux que nous soyons incapables de comprendre, murmura Bird mal à l'aise.

La chaleur suffocante et les cris du bébé devinrent vite insupportables. Himiko arrêta la voiture et ouvrit les deux portières, par où s'engouffrèrent la pluie et un air humide et froid. Bird et Himiko frissonnèrent. Le bébé hurlait de plus belle et ses cris, à présent, étaient entrecoupés de quintes de toux.

– C'est dangereux, ce que nous faisons, dit Himiko. N'oublie pas qu'il sort d'un incubateur. Il pourrait attraper une pneumonie.

– Je sais, dit Bird d'une voix morne.

– Que faire pour qu'il cesse de crier ?

– Je n'en ai pas la moindre idée.

– Nous aurions dû emporter du lait.

– Du lait ou de l'eau sucrée ? demanda Bird avec amertume.

– Je vais aller jusqu'à cette pharmacie, là-bas. Ils ont peut-être des tétines.

Bird la regarda s'éloigner sous la pluie battante et il se rappela l'étudiante pleine de vie qu'elle avait été. Il lui vint un élan de pitié pour cette femme qui, à présent, pataugeait dans la boue comme un chien perdu. Qui eût pu imaginer qu'elle deviendrait ce qu'elle était devenue ?

Lorsqu'elle revint, elle avait un air triomphant.

– J'en ai pris deux, dit-elle en lui montrant les deux tétines en caoutchouc jaune. La plus grande, c'est pour quand ils font leurs dents, mais je crois que l'autre fera l'affaire.

Elle la mit dans la bouche du bébé. Bird eut envie de lui demander pourquoi elle avait acheté l'autre – mais il s'avisa que le bébé essayait de cracher la sucette.

– Il n'en veut pas, dit Himiko d'un air malheureux. Je crois qu'il est encore trop petit... Qu'allons-nous faire ?

– Il n'y a qu'à le laisser crier, dit Bird en refermant la portière. Repartons.

– Il y avait une horloge à la pharmacie. Il est un peu plus de quatre heures. Je crois que nous pourrons être à la clinique vers cinq heures.

– Ça m'étonnerait qu'il puisse crier ainsi pendant une heure, dit Bird.

Cinq heures trente. Le bébé avait fini par s'endormir mais ils n'étaient pas encore arrivés à destination. Depuis près de cinquante minutes ils tournaient en rond. Ils avaient monté et descendu des côtes, franchi la même rivière boueuse, dans les deux sens, un nombre incroyable de fois, ils s'étaient engagés dans des culs-de-sac pour se retrouver toujours du mauvais côté de la vallée. Himiko, qui était déjà venue à la clinique en voiture, reconnaissait certains endroits mais ils aboutissaient chaque fois dans le même village aux rues étroites. Pour finir, elle prit malencontreusement une rue à sens unique.

Ils ne parlaient plus. Tous deux étaient si énervés qu'ils n'osaient plus rien dire, de peur d'exaspérer l'autre. Une réflexion aussi innocente que : «Je suis sûr que nous sommes déjà passés deux fois par ici», risquait de provoquer une dispute. Ils étaient à plusieurs reprises passés devant un poste de police où ils eussent pu se renseigner, mais ils ne voulaient pas se faire remarquer. Demander à un policier où se trouvait la clinique était hors de question : une voiture de sport transportant dans une clinique de réputation douteuse un bébé anormal risquait d'éveiller certains soupçons. D'ailleurs, au téléphone, le médecin avait recommandé à Himiko de ne pas s'arrêter dans les parages, fût-ce pour acheter des cigarettes – en sorte qu'ils continuaient à tourner en rond et que, peu à peu, Bird en venait à penser qu'ils rouleraient ainsi toute la nuit ou que cette clinique où l'on assassinait les nouveau-nés n'avait jamais existé que dans l'imagination de Himiko. En outre, il avait peur de s'endormir et de lâcher le panier. Cela ne l'empêcha pas de s'assoupir, mais la voix suppliante de Himiko le tira de l'inconscience :

– Pour l'amour du ciel, Bird, reste éveillé ! Moi aussi, j'ai sommeil et j'ai peur d'entrer dans quelque chose...

On eût dit que le soir descendait déjà. Le vent était tombé mais une petite pluie fine gênait la visibilité. Himiko voulut allumer les phares, mais celui que son petit ami avait brisé ne fonctionnait pas.

Lorsqu'ils passèrent une nouvelle fois devant le poste de police, un jeune agent leur fit signe de s'arrêter. Bird et Himiko se figèrent lorsqu'il s'approcha de la voiture et se pencha pour regarder à l'intérieur.

– Votre permis de conduire, s'il vous plaît.

Il avait parlé d'une voix autoritaire, pour les impressionner, bien qu'il ne fût guère plus âgé que les élèves de Bird.

– Vous savez qu'un de vos phares ne marche pas? Je ne peux pas vous laisser circuler ainsi... C'est un bébé que vous avez là?

Le bébé était cramoisi et respirait de plus en plus difficilement. Bird lui toucha le front. Il était brûlant. Bird, malgré lui, poussa un petit cri.

– Qu'est-ce qu'il y a? demanda l'agent

– Le bébé est malade, dit Himiko. C'est pour cela que nous avons décidé de l'emmener, malgré le phare brisé... Mais nous nous sommes égarés et nous ne savons plus que faire.

– Où voulez-vous aller?

Himiko hésita une seconde avant de se décider à prononcer le nom de la clinique. L'agent lui dit qu'elle se trouvait au bout d'une petite rue qu'il lui montra de la main, puis, pour réaffirmer son autorité, il ajouta :

– Mais j'ai envie de vous y envoyer à pied, en laissant la voiture ici…

Himiko, d'un geste exaspéré, tendit le bras et ôta le bonnet du bébé, en disant :

– Il faut qu'il soit secoué le moins possible.

Son audace se révéla payante. L'agent lui rendit son permis et dit en bredouillant un peu :

– Qu'est-ce qu'il a ? Une fièvre cérébrale ?… Bon, vous pouvez aller. Mais n'oubliez pas de faire réparer votre phare…

En arrêtant la voiture devant la clinique, Himiko, qui avait retrouvé son sang-froid, dit à Bird :

– Quel crétin, ce flic ! Il n'a même pas relevé mon nom ou le numéro de la voiture…

Ils entrèrent dans la clinique, qui semblait abandonnée.

– Il y a quelqu'un ? cria Himiko.

Le petit homme à la tête pointue apparut. Cette fois, il ne portait pas un smoking blanc, mais une blouse affreusement tachée. Il regarda dans le panier comme si Bird eût été un marchand de poissons à la sauvette et dit à Himiko d'une voix enjouée :

– Vous arrivez bien tard, Himi. Je commençais à penser que vous vous étiez moquée de moi.

– Nous nous sommes perdus en route, dit Himiko.

– J'avais peur que vous n'ayez fait une bêtise. Il y a des gens qui ne font pas de différence, une fois qu'ils sont décidés, entre laisser un bébé mourir… naturellement et l'étrangler de leurs mains…

Il prit le panier, poussa une petite exclamation et dit de la même voix enjouée :

– Le pauvre gosse ! Comme s'il n'avait pas déjà assez d'ennuis sans cela… Il est en train de mourir de pneumonie !

13

Ils laissèrent la voiture dans un garage et prirent un taxi. Ils étaient épuisés, ils tombaient de sommeil, mais, en même temps, une excitation bizarre leur ôtait toute envie de rentrer chez Himiko.

Le taxi s'arrêta devant un bec de gaz factice, sur le globe duquel on lisait, en lettres bleues : KIKUHIKO. Bird poussa la porte du bar et entra le premier dans la petite salle, aussi étroite qu'une étable, où il n'y avait qu'un comptoir et quelques sièges rustiques. Le bar était désert, à l'exception d'un petit jeune homme grassouillet, aux lèvres de fille et dont les yeux méfiants ressemblaient à ceux d'un mouton. Bird eut quelque peine à reconnaître en lui le Kikuhiko qui avait été son ami.

Tout en regardant fixement Bird, le petit bonhomme s'écria d'une voix de fausset :

– Mais, ma parole, c'est Himi!... Et je le connais, celui-là! Ça fait des siècles que je ne l'avais pas revu... Est-ce qu'on ne l'appelait pas Bird, dans le temps?

– Si on s'asseyait? dit Himiko.

Le fait de retrouver Kikuhiko n'éveillait en Bird aucune émotion. Il tombait de fatigue et il avait l'impression que rien au monde, désormais, ne pouvait plus l'émouvoir.

– Comment l'appelle-t-on à présent, Himi?

– Bird.

– Sans blague? Encore? Il y a au moins sept ans... Qu'est-ce que tu bois, Bird?

– Whisky.

– Et vous, Himi?

– La même chose.

– Vous avez l'air crevé, tous les deux. Il n'est pourtant pas tard.

– Ça n'a rien à voir avec ce que vous pensez, dit Himiko. Nous avons passé la moitié de la journée en voiture, à tourner en rond.

Bird tendit la main vers son verre mais ne le toucha pas. Kikuhiko... Il ne doit pas avoir plus de vingt ans, pensa Bird, et pourtant il paraît plus vieux que moi...

Himiko ayant vidé son verre d'un trait, Kikuhiko le remplit et s'en versa un également, puis il se tourna vers Bird, qui ne l'avait pas quitté des yeux, et il lui demanda :

– Tu te souviens de moi ?
– Bien sûr, dit Bird.
Il avait la curieuse impression de s'adresser au propriétaire d'un bar louche plutôt qu'à un ancien ami, qu'il n'avait pas vu depuis sept ans.
– Tu te rappelles le temps de la guerre de Corée, quand on ramenait au Japon les GI blessés, les pauvres choux ? Et ces histoires qu'on racontait sur les garçons de notre âge qu'on enrôlait de force pour les envoyer là-bas ? J'avais une frousse terrible, à l'époque…
Bird se rappelait surtout la nuit de leur dispute et de leur séparation, cette nuit où Kikuhiko, déjà, lui avait crié : « Bird, j'ai peur ! »
– Ce n'étaient que des bruits, dit-il en essayant de chasser le bébé de son esprit.
– Sans doute, mais ces bruits-là m'ont fait faire des choses pas très propres… Au fait, tu as réussi à attraper ce fou que nous recherchions ?
– Quand je l'ai retrouvé, il était mort. Il s'était pendu. Nous l'avons trouvé à l'aube, les chiens et moi. Tout ce mal que je m'étais donné pour rien…
– Ne crois pas ça, Bird. Pendant que tu t'obstinais à le chercher, moi j'ai laissé tomber, je me suis enfui au milieu de la nuit – et

nos vies ont été complètement transformées. Tu as cessé de nous fréquenter, moi et ceux qui me ressemblaient, et tu es allé a l'université à Tokyo, je crois ? Moi, j'ai continué de dégringoler la pente et regarde où j'en suis, à présent… Si tu n'étais pas parti seul, cette nuit-là, il me semble que les choses auraient pu être très différentes, pour moi.

Himiko lui demanda froidement :

– Vous voulez dire que, si Bird ne vous avait pas abandonné, vous ne seriez pas devenu homosexuel ?

Bird, gêné, détourna les yeux, mais Kikuhiko répondit d'une voix tranquille :

– Non, ça n'a aucun rapport. On est homosexuel quand on choisit d'aimer quelqu'un de son propre sexe. J'ai pris cette décision de mon plein gré et j'en suis donc seul responsable.

– Je vois que vous avcz lu les existentialistes, dit Himiko.

– Quand on tient un bar de pédés, ma chère, il faut savoir ce qu'on fait…

Puis, revenant à Bird :

– Je suis sûr que tu n'as pas cessé de monter, toi, pendant que je m'enfonçais de plus en plus… Qu'est-ce que tu fabriques, à présent ?

– Tu te fais des illusions sur mon compte, répondit Bird. J'étais répétiteur dans une boîte à bachot, d'où je viens d'ailleurs de me faire renvoyer. Et s'il n'y avait que ça…

– Le fait est que le Bird de vingt ans que j'ai connu avait l'air plus flambard… On dirait que tu as eu peur, toi aussi, que tu essaies de fuir quelque chose…

Le Kikuhiko lucide et observateur qui parlait ainsi n'était plus le petit inverti sans cervelle que Bird avait connu, comme si sa déchéance lui eût appris beaucoup de choses.

– Tu as raison, dit Bird. Je suis à bout. J'ai peur et j'essaie de m'enfuir.

– Lorsqu'il avait vingt ans, dit Kikuhiko à Himiko, ce type-là était immunisé contre la peur. Rien ne l'effrayait…

– Je n'ai plus vingt ans, dit Bird.

– La vieille jument n'est plus ce qu'elle était, c'est ça ?

Kikuhiko avait parlé avec une espèce d'indifférence dure. Il parut se désintéresser brusquement de Bird et proposa à Himiko une partie de dés.

Soulagé, Bird prit son verre, auquel il n'avait pas encore touché. Ainsi donc, après sept ans de séparation, il leur avait suffi de sept minutes de conversation pour se dire tout ce qu'ils avaient à se dire… Non, je n'ai plus vingt ans, pensa Bird. Et de tout ce que je possédais alors, je n'ai réussi à garder que ce surnom enfantin… Il vida son verre d'un trait – et presque aussitôt un violent spasme de l'estomac le fit vomir. Kikuhiko essuya rapidement le comptoir et lui offrit un verre d'eau. Bird regardait dans le vide. Qu'essayait-il donc de défendre contre ce bébé monstrueux? Qu'est-ce qui le poussait à fuir aussi obstinément, aussi ignominieusement? Qu'y avait-il donc, en lui, qui méritât d'être protégé avec une telle frénésie? La réponse lui parut d'une évidence horrifiante : rien! Zéro!

Il se leva avec effort et dit à Himiko, qui le regardait d'un œil brouillé par la fatigue et l'alcool :

– Je vais ramener le bébé à l'hôpital et le faire opérer. J'en ai assez, de m'enfuir.

– Qu'est-ce qui te prend? s'écria Himiko. C'est bien le moment de parler d'opération!

– Depuis que cet enfant est né, je n'ai pas cessé de fuir. Ça suffit.

– De fuir? Mais en ce moment même tu sais ce qui est en train de lui arriver, au bébé... Et tu sais que nous sommes tous les deux responsables. N'oublie pas que nous avons décidé de partir pour l'Afrique...

– J'ai laissé le bébé aux mains de cet avorteur et je me suis enfui, dit Bird d'un air entêté. Fuir, toujours fuir... L'Afrique, je l'ai imaginée comme le terme de cette fuite, un point final, un terminus... Et toi aussi, tu t'enfuis. Tu n'es qu'une fille de bar qui s'enfuit avec un voleur !

– Tais-toi, Bird ! cria Himiko, au bord de la crise de nerfs. Tu sais que ce n'est pas vrai ! Nous avons tout décidé ensemble, tout accompli ensemble !

Son visage avait pris une expression à la fois désespérée et accusatrice.

– Si je regarde les choses en face plutôt que de leur tourner le dos comme je n'ai pas cessé de le faire depuis que tout ça a commencé, dit Bird, il n'y a que deux solutions possibles : ou bien j'étrangle cet enfant de mes propres mains, ou bien je l'accepte tel qu'il est et je l'élève. En fait, j'ai compris cela depuis le début, mais je n'ai pas eu le courage de l'admettre.

– Mais enfin, Bird, tu sais bien que cet enfant a attrapé une pneumonie ! Si tu essayais de le ramener à l'hôpital, il mourrait en route, dans la voiture... Et alors, que se passerait-il ? On t'arrêterait, tout simplement...

– S'il en était ainsi, cela signifierait que je l'ai tué de mes mains et que je mériterais ce qui m'arriverait. Je crois que je suis enfin prêt à en prendre la responsabilité.

Il parlait calmement. Il sentait qu'il avait enfin cessé de mentir et qu'il était en train de retrouver sa foi en lui-même.

Les yeux de Himiko se remplirent de larmes. Elle parut chercher désespérément un ultime argument et, lorsqu'elle crut l'avoir trouvé, elle dit :

– Admettons qu'on l'opère et qu'on lui sauve la vie. Que se passera-t-il, ensuite ? Tu m'as dit toi-même qu'il ne serait jamais normal. Ne comprends-tu pas que tu ferais non seulement ton malheur mais le sien ? Crois-tu qu'il mérite cela, Bird ? Le crois-tu vraiment ?

– C'est pour moi que je le fais, dit Bird. C'est le seul espoir qui me reste de ne plus être un homme qui fuit sans cesse ses responsabilités.

Mais Himiko refusait de comprendre. Elle balbutia :

– Bird… que fais-tu de notre décision de partir pour l'Afrique ?

Kikuhiko intervint :

– Pour l'amour du ciel, Himi, reprenez-vous ! Une fois que cet oiseau-là commence à penser à lui-même, on peut crier aussi fort qu'on voudra, il n'écoute plus !

Bird vit briller dans les yeux de Kikuhiko quelque chose qui ressemblait à de la haine à son égard – mais son injonction eut raison de l'hystérie de Himiko qui, aussi soudainement qu'elle s'était emportée, redevint la jeune femme tranquille, généreuse et tendre qui l'avait accueilli lorsqu'il lui avait demandé asile.

– Très bien, Bird, dit-elle. Rien ne te force à partir avec moi. Je vendrai la maison et j'irai toute seule en Afrique. À moins que je n'emmène le garçon qui s'est attaqué à ma voiture… Maintenant que j'y pense, je me rends compte que j'ai été odieuse avec lui.

Elle avait encore les yeux pleins de larmes, mais elle avait repris son sang-froid.

– Miss Himi s'est ressaisie, constata Kikuhiko.

– Merci, dit Bird en s'adressant à l'un comme à l'autre.

– Tu vas au-devant de toutes sortes d'épreuves, lui dit Himiko avec une espèce de compassion. Adieu, Bird. Veille bien sur toi.

Bird acquiesça de la tête et sortit du bar.

Le taxi qui l'emporta par les rues mouillées roulait à une vitesse alarmante. Si je meurs dans un accident avant d'avoir sauvé le bébé, pensa Bird, j'aurai vécu vingt-sept ans absolument pour rien… Et cette idée l'emplit d'une peur plus intense que toutes celles qu'il avait éprouvées jusqu'alors.

14

C'était la fin de l'automne.

Lorsque Bird descendit l'escalier, après avoir serré la main du chirurgien, ses beaux-parents l'accueillirent en souriant. Sa femme était entre eux, le bébé dans ses bras.

– Félicitations, Bird, dit son beau-père. Vous savez qu'il vous ressemble ?

– Un peu, oui, dit Bird avec réserve.

Huit jours après l'opération, l'enfant avait commencé à avoir l'air presque humain.

– La lésion de son crâne n'était que de quelques millimètres, poursuivit Bird. Elle semble se ressouder. Je vous montrerai les radios à la maison. En fait, ce n'était pas vraiment une hernie cérébrale mais seulement une tumeur bénigne, de la grosseur d'une balle de tennis.

– En tout cas, nous vous devons beaucoup, dit le professeur.

Pour une fois, la belle-mère de Bird manifesta un certain sens de l'humour :

– Pendant l'opération, dit-elle, Bird a donné tant de sang pour les transfusions qu'il était aussi pâle, ensuite, qu'une princesse après un rendez-vous avec Dracula… Franchement, Bird, vous avez été aussi courageux qu'un jeune lion !

Effrayé par le brusque changement de décor, le bébé regardait autour de lui, en silence, avec des yeux qui ne distinguaient pas encore très bien les choses. Bird et le professeur se dirigèrent lentement vers la sortie de l'hôpital, suivis par les deux femmes.

– Cette fois, dit le professeur, vous avez vraiment su faire face.

– En réalité, dit Bird, je n'ai pas cessé d'essayer de m'enfuir, et je l'ai presque fait. Mais on dirait que la réalité nous oblige finalement à faire front… Je veux dire que, même si nous tentons de nous mentir, il vient toujours un moment où nous nous rendons compte que ce n'est pas possible indéfiniment. C'est du moins ce que j'ai découvert.

– Il est possible de vivre de plusieurs manières différentes, Bird. Il y a des gens qui vont de mensonge en mensonge jusqu'à leur mort.

Les yeux mi-clos, Bird pensa au bateau qui avait levé l'ancre quelques jours plus tôt, à destination de Zanzibar, avec Himiko à son bord. Il s'imagina lui-même, ayant tué le nouveau-né, debout à côté d'elle, à la place du garçon qu'elle avait emmené – une assez séduisante image de l'enfer… Peut-être cela même était-il en train de se passer dans un des autres univers de Himiko ? Il se secoua, revenant aux problèmes de l'univers dans lequel il avait finalement choisi de rester.

– Il est possible que le petit se développe normalement, dit-il, mais il n'est pas non plus exclu qu'il reste diminué. Cela signifie qu'il me faudra gagner autant d'argent que possible, pour assurer son avenir et le nôtre. Naturellement, après les bêtises que j'ai faites, je ne vous demande pas de m'aider à trouver une nouvelle situation. J'ai décidé de renoncer à l'enseignement. Je songe à me faire guide pour touristes… J'avais souvent rêvé d'aller en Afrique et d'y engager un guide indigène. Eh bien, ce sera le contraire : je serai moi-même un guide indigène pour les touristes étrangers qui viendront au Japon !

Le professeur allait dire quelque chose mais les deux hommes durent s'écarter pour laisser passer un garçon avec un bras en écharpe, que ses camarades conduisaient vers l'escalier. Les jeunes gens portaient des blousons sales et fripés, trop légers pour la saison. En se retournant pour les suivre des yeux, Bird reconnut les dragons brodés sur le dos de leurs blousons ; il se rendit compte que c'était la bande qui l'avait attaqué, un soir de juin, alors que son fils était en train de naître.

– Je connais ces gamins, dit-il. Mais on dirait qu'eux ne m'ont pas reconnu.

– C'est que vous avez beaucoup changé, en quelques semaines, répondit le professeur avec une chaleur affectueuse.

– Vous croyez ?

– J'en suis sûr. Votre surnom ne vous va plus du tout, Bird...

Bird attendit que les deux femmes les aient rejoints et il regarda son fils dans les bras de sa femme. Il essaya, en se penchant sur lui, de voir sa propre image dans les yeux du bébé. Le miroir de ces yeux était d'un gris profond et transparent. Une image commença à s'y refléter, mais elle était si indistincte encore que Bird ne s'y reconnut pas.

Dès qu'il serait rentré à l'appartement, il se regarderait dans un vrai miroir – puis il ouvrirait le petit dictionnaire que M. Delchev lui avait donné avant d'être renvoyé dans son pays. Sur la page de garde, M. Delchev avait écrit un mot qui signifiait « espoir ». Bird avait l'intention de chercher comment, dans cette langue étrangère, on disait « patience ».

DANS LA MÊME COLLECTION
(Extrait du catalogue)

Abé Kôbô
La face d'un autre.
La femme des sables.
L'homme-boîte.
Le plan déchiqueté.

Allende Isabel
Les contes d'Eva Luna.

Amado Jorge
La bataille du Petit-Trianon.
Cacao.
Les deux morts de Quinquin-la-Flotte.
Le vieux marin.

Anderson Sherwood
Tar.

Ariyoshi Sawako
Kaé ou les deux rivales.
Les dames de Kimoto.
Les années du crépuscule.

Baldwin James
Si Beale Street pouvait parler.
Harlem Quartet.

Ballard J.G.
La bonté des femmes.
Fièvre guerrière.

Bang Herman
Tine.
Maison blanche. Maison grise.

Barnes Julian
Le perroquet de Flaubert.
Le soleil en face.

Bernières Louis de
La guerre des fesses de don Emmanuel.
Señor Vivo et le baron de la coca.
La calamiteuse progéniture du cardinal Guzman.

Blixen Karen
Sept contes gothiques.

Bounine Ivan
Le monsieur de San Francisco.
Le village.
Le sacrement de l'amour.

Brink André
Un turbulent silence.
Le mur de la peste.

Capek Karel
La vie et l'œuvre du compositeur Foltyn.

Carver Raymond
Les vitamines du bonheur.
Tais-toi, je t'en prie.
Parlez-moi d'amour.

Claus Hugo
L'étonnement.

D'Annunzio Gabriele
Terre vierge.
Triomphe de la mort.

Desai Anita
Un héritage exorbitant.

Ditlevsen Tove
Printemps précoce.

Fujiwara Tomomi
Le conducteur de métro *suivi de* Échec au roi.

Garcia Morales Adelaïda.
Le silence des sirènes.

Geiszler Horst
Cher Augustin.

Gorki Maxime
Tempête sur la ville.

Goytisolo Juan
Paysages après la bataille.
Chasse gardée.
Les royaumes déchirés.

Graves Robert
King Jesus.

Hackl Erich
Le mobile d'Aurora.

Haïk Farjallah
L'envers de Caïn.
Joumana.

Han Suyin
Ton ombre est la mienne.

Herlihy James Leo
Macadam cow-boy.

Hesse Hermann
Demian.

Hoffmann E.T.A.
Nouvelles musicales.
Les Élixirs du diable.

Inoué Yasushi
Confucius
Les chemins du désert.
Combat de taureaux.
Le faussaire.
Le fusil de chasse.
Histoire de ma mère.
Le maître de thé.
La chasse dans les collines.

Jacobsen Jen Peter
Niels Lyhne.

James Henry
L'autel des morts.
Les papiers de Jeffrey Aspern.
Le regard aux aguets.
Daisy Miller.
Le tour d'écrou.
Impressions d'une cousine.
L'Américain.
Roderick Hudson.

Johnson Eyvind
Le roman d'Olof.

Kadaré Ismail
Récits d'outre-temps.
Les adieux du mal.
Le firman aveugle.
Concours de beauté masculine.
La ville sans enseignes.

Kaniuk Yoram
Confessions d'un bon Arabe.

Kästner Erich
Trois hommes dans la neige.

Kazan Elia
America, America.

Kesey Ken
Vol au-dessus d'un nid de coucou.

Kharitonov Mark
Prokhor Menchoutine.

Kiš Danilo
Le luth et les cicatrices.

Kivi Aleksis
Les sept frères.

Lagerkvist Pär
Le bourreau.
Contes cruels.
La mort d'Ahasverus.
Le nain.
La sibylle.
L'exil de la terre.

Lagerlof Selma
L'anneau du pêcheur.
Les écus de messire Arne.
L'empereur du Portugal.
Jérusalem en Dalécarlie.
Jérusalem en Terre sainte.
La légende de Gösta Berling.

LANGE HARTMUT
Une fatigue.

LAWRENCE D.H.
Ile, mon île.
Le renard.
Matinées mexicaines.

LUXUN
Journal d'un fou.

MCCARTHY MARY
L'oasis et autres récits.

MCCULLERS CARSON
Le cœur hypothéqué.
Frankie Addams.
Reflets dans un œil d'or.
La ballade du café triste.
L'horloge sans aiguilles.

MALERBA LUIGI
Clopes.
Le feu grégeois.
Les pierres volantes.

MANN THOMAS
Tonio Kröger.
La mort à Venise.

MANSFIELD KATHERINE
Cahier de notes.
La garden-party.
Lettres.
Pension allemande.

MARTINSON HARRY
Voyages sans but.

MERAS ICCHOKAS
La partie n'est jamais nulle.

MEYRINK GUSTAV
Le Golem.

MILLER HENRY
Virage à 80.
Max et les phagocytes.
Dimanche après la guerre.
Entretiens de Paris.
Tropique du Capricorne.

NABOKOV VLADIMIR
Don Quichotte.
Austen, Dickens, Flaubert, Stevenson.
Proust, Kafka, Joyce.
Gogol, Tourguéniev, Dostoïevski.
Tolstoï, Tchekhov, Gorki.

NASREEN TASLIMA
Lajja.
Scènes de mariage.

NICOLSON NIGEL
Portrait d'un mariage.

NIN ANAÏS
Les miroirs dans le jardin.
Les enfants de l'Albatros.
Les chambres du cœur.
Une espionne dans la maison de l'amour.
La séduction du Minotaure.

OATES JOYCE CAROL
Solstice.
Confessions d'un gang de filles.
Nous étions les Mulvaney.

O'BRIEN EDNA
Qui étais-tu Johnny ?
Les grands chemins.
Lanterne magique.

O. HENRY
New York tic tac.

OLIVIA
Olivia par Olivia.

OZICK CYNTHIA
La galaxie cannibale.

PA KIN
Le secret de Robespierre.

PENN WARREN ROBERT
La grande forêt.
Les fous du roi.

PERUTZ LEO
Turlupin.

PINGWA JIA
Le porteur de jeunes mariées.

PRAWER JHABWALA RUTH
Chaleur et poussière.
La vie comme à Delhi.
Cette lutte incertaine.

PURDY JAMES
L'oiseau de paradis.

QUEIROZ RACHEL DE
L'année de la grande sécheresse.

RADIČEVIĆ BRANKO
Le trou de la serrure.

RIBEIRO AQUILINO
Casa Grande.

SACKVILLE-WEST VITA
Escales sans nom.

SAVINIO ALBERTO
La maison hantée.

SCHNITZLER ARTHUR
Madame Béate et son fils.
Mademoiselle Else.
Mourir.
La pénombre des âmes.
La ronde.
Vienne au crépuscule.
L'étrangère.

SCOTT WALTER
La fiancée de Lammermoor.

SINGER ISAAC BASHEVIS
Amour tardif.
La corne du bélier.
Le domaine.
Le manoir.
Ennemies.
Yentl.
L'esclave.
Le fantôme.
Au tribunal de mon père.
Le blasphémateur.
Le beau monsieur de Cracovie.

SPARK MURIEL
Le pisseur de copie.
L'unique problème.
Memento mori.
L'appropriation.
Robinson.
L'abbesse de Crewe.
Demoiselles aux moyens modestes.

STANGERUP HENRIK
Lagoa Santa.
Le séducteur.

TANIZAKI JUNICHIRO
Deux amours cruelles.

TEKIN LATIFE
Contes de la montagne d'ordures.

TEVIS WALTER
La couleur de l'argent.

THOMSON RUPERT
L'Église de Monsieur Eiffel.

TOLSTOÏ LÉON
La mort d'Ivan Ilitch.
Un cas de conscience.

TOLSTOÏ COMTE LÉON L.
La vérité sur mon père.

TOURGUENIEFF IVAN
L'abandonnée.
L'exécution de Troppmann.
Fumée.
Journal d'un homme de trop
Dimitri Roudine.

TRAVEN B.
Le visiteur du soir.

TYLER ANNE
Toujours partir.

UHLMAN FRED
Il fait beau à Paris aujourd'hui.

UNDSET SIGRID
L'âge heureux.
Jenny.
Printemps.
Vigdis la farouche.

VANDERBEKE BIRGIT
Le dîner de moules.
Apocalypse non!

WERFEL FRANZ
Le passé ressuscité.

WIECHERT ERNST
La servante du passeur.

WILDE OSCAR
Intentions
De profundis.
Nouvelles fantastiques.

WILSON ANGUS
Saturnales.

WOLF CHRISTA
Cassandre.
Aucun lieu, nulle part.
Scènes d'été.
Ce qui reste.
Incidence.
Trois histoires invraisemblables.
Changement d'optique.

WOLFE THOMAS
De la mort au matin.

WOOLF VIRGINIA
Orlando.

YAMATA KIKOU
Masako.
La dame de beauté.

ZWEIG STEFAN
Amok.
La confusion des sentiments.
Le joueur d'échecs.
Vingt-quatre heures de la vie d'une femme.
Nietzsche.

Cet ouvrage a été composé en Bembo corps 12
par In Folio, Paris

Achevé d'imprimer en septembre 2000
sur presse Cameron
dans les ateliers de
Bussière Camedan Imprimeries
à Saint-Amand-Montrond (Cher)
pour le compte des Éditions Stock
27, rue Cassette, 75006 Paris

Imprimé en France

Dépôt légal : octobre 2000.
N° d'Édition : 6949. N° d'Impression : 004229/1.
54-5236-2

ISBN 2-234-05236-X